光文社文庫

文庫書下ろし

神戸北野　僕とサボテンの女神様

藍川竜樹

光　文　社

この作品は光文社文庫のために書下ろされました。

目次

登場人物

白石那由多（しらいしなゆた）　建築一族の末っ子。中学を卒業したばかりで、趣味は建物のミニチュア作り。

坂上緋沙子（さかうえひさこ）　サボテン専門店〈仙寿園（せんじゅえん）〉の店長。美人だけどサボテン以外に興味がない。

白石京（しらいしきょう）　二十七歳。那由多の従兄で爽やかなイケメン。頼れる大人の男。

松枝（まつえだ）　仙寿園に隣接するアンティーク・オルゴール店〈吾妻（あづま）音楽堂〉の店長。

プロローグ　僕とサボテンテラリウム

那由多が初めてそれに触れたのは、神戸北野にある、とある店でのことだった。

「それがテラリウム？」

「そう。テラリウム」

那由多の問いに、サボテン専門店〈仙寿園〉の店長、緋沙子さんが答える。

周囲にはサボテン。

目の前には、緋沙子さんがつくったサボテンの寄せ植え、〈テラリウム〉がある。

小さな容器の中で佇立したサボテンは、実に堂々としている。

後は飾り用のウッドチップに動物のミニチュア。緋沙子さんが持つのは作業机に置かれていた硝子の器だ。両手で包めるサイズの三角錐の容器は、店内で開催されるワークショップ用の備品で、テラリウムの外殻として使われる物だった。

「テラリウムというのはね、植物を保存したり育てたりする透明な密閉容器のことなの。

今では中に緑を植えて、生育環境をつくって維持していくこともそう呼んでるの。器の中の小さな花壇、石やミニチュアを飾った常緑の寄せ植えって言ったらわかりやすいかな」

初心者の那由多に、緋沙子さんが丁寧に説明してくれる。

「秘密の箱庭、硝子の中の植物園、自分だけの宇宙、言い方はいろいろだけど、ここにある物を使って、那由多君にも一つつくって欲しくて」

難しく考えることはないの、と、緋沙子さんが長い髪を揺らして微笑む。

「私たちはね、世界をつくるの。この子たちに手伝ってもらって。自由に、自分の感じたままを形づくればいいの」

こちらをリラックスさせるためか、緋沙子さんが器を置き、紅茶ポットを傾ける。白い陶器に注がれる綺麗な赤茶色。傍らの蔦模様の皿には貝の形をした金色のマドレーヌ。遠く、隣の店から聞こえてくるのは懐かしいオルゴールの音色。

天井では水色に塗られたファンがゆっくりと回り、いい色に褪せた窓の木枠や漆喰壁に紅茶と焼き菓子の香りが揺蕩(たゆた)う。

そんな静かな店内には、作業机に置かれた白に青の色砂、岩に見立てた硝子の小石や流木の他にも、白っぽい棘に包まれた青灰色(せいかいしょく)のサボテンたちが並んでいる。

それはまるで手に取り遊ばれるのを待つ玩具の積み木か、ままごと遊びの人形のようで。

これらを使って何かをつくるなど、幼児でもできると誰もが思うだろう。

ましてや那由多はこの春に中学を卒業した、児童ともいえない年齢だ。義務教育期間中、美術の授業もずっと受けていた。教師に課題を出されて作品をつくることには慣れている。

そのうえ今回は緋沙子さんという先生がいて、彼女がつくったお手本まであるのだ。

だから簡単なことのはずだった。

言われた通り器を選んで、好きな素材を置くだけでいい。わかっている。なのに。

那由多は頭の中が真っ白になって、手を動かすことができなかったのだ——。

第一話　四月の桜とウォードの箱

1

　那由多が神戸にある緋沙子さんの店を訪ねることになったのは、中学の卒業式が終わったばかりの春休みに、従兄の京経由で受けた仕事がきっかけだった。

　まだ桜のつぼみも固い三月の半ば過ぎ。その日、西宮市にある那由多の家には、ほろ酔い加減の親戚連中が集まっていた。

　那由多の中学卒業及び、高校入学を祝っていたのだ。

　というのは名目。最初の祝いの言葉がすんで乾杯の音頭がとられると、後は無礼講だ。皆、身内の遠慮の無さを発揮して、主役そっちのけで料理と会話を楽しんでいる。

「わ。このエビのアヒージョ、いける。エビがプリプリで塩やニンニクの加減も絶妙！

兄さん、腕あがったんじゃない？」

「そりゃ、オリーブオイルが違うんだよ。この間、取引した顧客に薦められた小豆島のだが、鮮度が違う。地場産は搾りたてをすぐ買えるからな」

と、料理談義を始めるのは、最近、自宅料理に目覚めた父と叔母。そこから、

「地場産と言えばあの新建材、どうだった。この間の現場で使ったんだろう？」

「ああ、あれ。良かったわよ、兄さんも使ったら？　見た目だけでなく肌触りもソフト。ちょうど薦めようと思って見本持ってきてるの。見る？」

「おいおい、建材ってなんの話だ、俺もまぜろよ。これか、見本ファイル」

「ほう、和紙で、間にオリーブの葉を漉き込んであるのか。これは儂もいいと思うぞ。これからは休日は家でゆっくり過ごそうって人が増えるだろうし、家カフェ風の自然素材は需要がある。紙なら吸湿性もあるしな」

などと伯父や祖父まで加わって建築談義に発展するところが、祖父や親はもちろん、伯父に叔母、従姉兄たちまでもが設計、デザイン関係者という建築家一族の白石家らしい。

ちなみに那由多は一族の中で一番の年下。末っ子だ。

まあ、卒業したと言っても那由多が通うのは私立の中高一貫校。内部進学で試験らしい試験もなく、そのまま高等部に移るだけ。大きく変わるのは校舎と制服くらいで、騒ぐほ

どの目新しさはない。

それでも親戚一同が集まったのは、互いに仕事が忙しくなかなか休めない中、ゆっくりするための大義名分が欲しかったのだろう。皆、阪神間（はんしんかん）に居を構えていて仲がいいのだ。いつもこうして何かと理由をつくっては集まっている。

なので父が設計したこの家の南向きの広々としたリビングには、一枚板を組み合わせた畳二枚分はあるローテーブルが置かれている。皆が頻繁に集まることを見越した、特注品だ。

そして今日はそこに所せましと料理と酒が並んでいた。

建築と料理が好きで芦屋（あしや）の自宅に石窯を作ってしまった叔母が持ち込んだ春野菜のピザ、田舎好きが高じて三田（さんだ）のログハウスで暮らす従姉夫婦お手製の猪肉ソーセージやチーズの燻製。他にも自分が食べたいものをテイクアウトしてきたらしく、ケンタッキーのフライドチキンに刺身、寿司の盛り合わせはもちろん、焼き鳥、何故か玉屋のたこ焼きまである。

酒はキンキンに冷やした各種ビールと、伯父が持ち込んだ地酒。

兵庫は日本酒の原料である山田錦（やまだにしき）の栽培が盛んだし、何より水がいい。日本酒生産量は日本一を誇る。阪神間にも六甲山（ろっこうさん）からの宮水（みやみず）をつかった灘五郷（なだごごう）など、有名どころの酒蔵が多い。

そんなわけで、春向けの銘柄酒に合わせて、こってりしたものが好きな祖父が、大きな口を開けて神戸GAVLYのフォアグラバーガーにかぶりついている。

「もう老い先短い老人なんじゃ、金に糸目はつけん。好きな物を喰わんでどうする」

と、いうのが昔からの祖父の口癖だが、日本酒にハンバーガーは合うのだろうか。

疑問に思いつつも、酒が飲めない未成年の那由多としては、祖父の口元が気になる。つい先日も差し歯のブリッジが取れたと騒いだばかりだ。はらはらしながら祖父の差し歯を見守りつつ、那由多はもぞもぞ動いて空いた皿を下げていく。

今日の主役が何やってんだと自分でも思うが、那由多は父母ともに仕事で忙しい家に育った。健全で文化的な暮らしを維持するためには家事手伝いが必須だったので、この歳にしてすでに散らかったテーブルを無視できない主夫気質になっている。

皆、せっかくの休日だからと完全にくつろいで動こうとしないし、性格がおとなしめの那由多は酔った大人たち相手にテーブルの上を片付けてなど、とてもではないが言えない。

しかたなく一人で転がったビールの空き缶を集め、追加の缶を出し、

「ナユー、黒豆と裂きイカ追加ー。後、黒松白鹿(くろまつはくしか)。瓶ごとでいいよ。あ、氷も頼むわ」

「野菜スティックもお願い。この間作ってくれた大葉入り肉味噌ディップと、粒マスタードの特製マヨネーズ、超美味しかった。あれがいいなー」

と、顔はそっくりな双子なのにコンサバとアバンギャルド、雰囲気がまったく違う従姉たちから、ロック氷とつまみの注文を受けていた時だった。

従兄の京が声をかけてきた。

「那由多、お前、まだ建物の模型作ってるよな」

「え？　まあ、作ってるけど……」

答えつつ、那由多は目を瞬かせる。

高校制服の採寸でも、中学制服の採寸と間違えられたすべすべ頬の童顔に、細っこい、身長百五十三センチの小柄体型。部活でスポーツをするわけでもなく、休日の過ごし方もインドア派で友達と街に繰り出すわけでもない。クラスでも脇役タイプというか、地味目の少年、那由多の趣味は建物のミニチュア作りだ。

我ながら渋い趣味だと思うが、物心ついた頃にはすでに周囲に建物の設計図と建材見本が溢れていた。それらを玩具にしているうちに、自然と自分でも作るようになったのだ。

もともと手先が器用なほうだったらしく、道具の扱いにもすぐ慣れた。根気もあるし長時間の細かな手作業が苦にならない。

今では自室に製作用の机まで構えていて、腕もそれなりのレベルになっている。学校の鉄道研究部の連中にはよくジオラマ作りの助っ人に呼ばれるし、父や祖父も外注に回す時間がない時は、仕事用の建築模型の修正を那由多に頼んでくる。別名でミニチュア模型メインのSNSのアカウントも持っていて、ネットに上げた自作ミニチュア画像は好評だ。だからだろう、

「正式に仕事を頼みたいんだ」

と、言ってくる京の顔は真剣だった。

「知り合いが神戸に店を開いたんだけど、客足が伸びないんだ。ディスプレイに異人館のミニチュアでも置けば観光客の目を引けると思うんだが、お前、作れないか。もちろん報酬はいつもの製作手伝いのお駄賃レベルじゃなく、相場の額を俺が出す」

京は今年で二十七歳。笑顔が眩しい、爽やかなイケメンだ。百八十センチ近いすらりとした長身は小柄な那由多から見れば羨ましい限り。ミニチュア作り以外、特に誇れるところのない那由多とは違い、頭も運動神経もいい頼れる兄貴で、昔はよく遊んでもらった。人当たりもいいので現場の職人さんたちや気難しい顧客の間でも評判がいい。今は伯父が所長を務める建築事務所の若手ホープとして働いている。

そんな京兄（きょうにい）に仕事の話をふられたのだ。

「作れると思うけど。いいの？　高校生の作品で」

内心の緊張を隠しつつ答える。手がけた作品の出来に自信はあるが、あくまで未成年者

の趣味レベル。身内の仕事しかしたことがないし、相場の報酬が出るようなプロの世界に入っていけるだろうか。

「大丈夫だよ、先方にはちゃんと那由多の歳は言ってあるから」

「それで相手の人、いいって言ったの？」

「いいっていうか、本人が現状にまったく危機感を覚えてないから、こっちが従弟に経験積ませたいんだって口実つくって人情面から売り込んだっていうか……。実はその、店長の彼女は仕事熱心だし商品を扱う腕もいい。性格も素直でいい子なんだけど少し問題があって」

「店長、女の人なんだ」

「あ、ああ。大学時代の後輩だよ」

いつも余裕の態度の京兄が、珍しく視線を泳がせる。

「その、彼女、ディスプレイのセンスというか、店の内装に対するコンセプトが独特というか、誰かがチェックを入れたほうがいい時があるんだ。今回も俺が止めなかったら、店内が行き過ぎたサボテン生育室になってたし」

「サボテン生育室？」

「彼女の店、サボテンの専門店なんだよ。つまり園芸店。で、俺が今、ボランティアで内装の監修やってるんだけど。実際に模型を作るとなったら、サイズや設置場所の兼ね合いもあるから、那由多も現場を見に行くことになるだろ？　そのついでに、店がおかしなことになってないか見てきて欲しいんだよ。俺がこまめに見張りに行ければいいんだが、仕事もあるし神戸まではなかなか足を延ばせなくて。かといって他の業者を入れるのもちょっと。予算の問題もあるし、一応、彼女は若い女性だから」

「え？　それなら僕だってまずくない？　相場の額もらうし、男だよ」

「いや、那由多は模型を作るだけでコンサルタント料とかとったりしないだろ？　出張費も。模型代だけですむなら格安の部類だよ。それに那由多は童顔というより女顔で、まだ子ども……、あ、いや、歳のわりにしっかりしてるし、センスもあるから心配ない」

ごほん、と、何故か京兄が咳払いをする。

「難しく考えることはないんだ。メインは模型作りだから。そのついでに、お前の目から見て、変、と思うことがあれば彼女に言うか、直接が難しかったら俺に連絡してくれればいいから。何なら内装を撮って送ってくれるだけでもいい。お前の腕を鍛えるにもいいと思うし、店内チェックはついでと考えてくれれば」

言われて那由多は考えた。模型作りには慣れていても、那由多は今まで家事があったこともあり、赤の他人相手のバイトをしたことがない。緊張する。だが、相手が女性なら。

園芸店、つまり花屋さんをやっているような人ならきっと優しい穏やかな人だろう。ミニチュア作家として腕試しの機会を与えられたことは素直に嬉しいし、もう高校生になるのだ。新しいことをやってみたい。この口調なら京兄もフォローしてくれそうだし、自分でもできるかもしれない。

そこまで考えて、那由多が了承しようと口を開きかけた時だった。

「何だ何だ、那由多に仕事の依頼だって？」

耳ざとく聞きつけた父が、割り込んできた。

「さすがは京君、いい話をまわしてくれる。もう高校生になるんだし、そろそろこいつにも外の世界を教えておかないと、と思ってたんだ。身内だとどうしても評価が甘くなるからな」

勝手に答えて、那由多の肩に腕を回してくる。

「いいじゃないか、那由多。ぜひやらせてもらいなさい。社会に出る前に経験を積んでおくのはいいことだ。不安なら、父さんも先方へ一緒に行ってやるから」

酒臭い息と、押しつけがましい口調にむっとした。

確かに那由多も似たことを考えていた。だがこんな風に言われると、やる気が萎えてくる。

「那由多、何をふてくされてるんだ、今は春休みで暇だろう」

「……バイトは校則で禁止だよ。課題もあるし」

「知ってるさ。父さんだってあそこの卒業生なんだから」

何の話をしてるんだと席を移動してきた伯父にまで、「そりゃあいい。なんなら学校に口きいてやってもいいぞ。高等部の今の教頭は俺の昔の担任だ」と言われて、那由多は黙り込んだ。恐ろしいことに白石家は父や祖父、伯父に至るまで同じ学校のＯＢだ。

こんな時だ。一族の密な感じが息苦しくなるのは。家族の皆に不満はないし、親たちの仕事関係者から、白石一族とまとめて呼ばれる時には誇らしささえ感じる。

だがいくら一族で一番年下だからといって「お前のおむつを替えてやったのは誰だ」と、いつまでも何もできない赤ん坊扱いをされて、手取り足取りお膳立てされるのは鬱陶しい。親父が美味そうに食べている蛸の山葵和えは誰が作ったと思っていると言いたくなる。最近、料理に目覚めたといっても、米のストック場所も知らないくせに。

「放っといてくれよ」

父の手を振り払いそうになった時だった。京兄がすっと間に入ってくれた。

「叔父さん、顔が真っ赤ですよ。水を飲んできた方がいいんじゃないですか。親父も、足元ふらついてるじゃないか。少し休ませてもらえば？　保護者の許可は出たってことで、後は俺たち二人で話すから」

言って、那由多をスマートにリビングの外へと引っ張り出す。

「……京兄、大人だな」

「叔父さんたちも普段、外で気を張って疲れてるんだ。たまの休みくらい、家で親父風ふかせるの大目に見てやれよ」

苦笑する顔が恰好よくて、思わず見とれる。そこらのモデルや俳優なんかお呼びじゃない。男が惚れる男とは京兄のような人をいうのだろう。

見ていると、ぽん、と頭に手を置かれた。最近メタボ気味な父の手とは違って、指が長くて骨ばっていて、それがまた年上という感じがしていい。できることならこんな男になりたいと思う。暑苦しい親父たちみたいにではなく。

「で、さっきの話に戻るけど。真剣に考えてくれないか。学校は大丈夫だと思う。俺もあそこの出だから、校則が気になるなら、親父たちを引っ張り出さなくても俺が交渉できるよ。まだ知ってる教師が残ってると思うし」

那由多が通う学校は阪神間の老舗だ。一見、真面目なお坊ちゃま校だが、その実、駅前のファストフード店でたむろっているのを見つかっても、「こら。見つからないように寄り道する思考能力くらい養え」と妙なしかり方をする名物教師がいたりする自由な校風だ。

遊ぶ金欲しさのバイトではなく、社会勉強目的なら許可は出る気がする。

「それでも那由多の時間を奪うのは事実だから。学業に響くって言うなら無理強いはしない。判断は那由多に任せるよ」

「……ずるいよ、その言い方」

京兄は決めるのは叔父さんたちではなく、お前だよ、と言ってくれるが。

那由多が仕事を受ければ親たちは、もともと那由多がやる気だったということはまったく考えずに、「俺の一言があったからだ」と鼻を高くするだろう。

かといって断れば、「将来への布石より遊びを優先したいんだろう、まだまだ子どもだな」と、温かな保護者の目で見られるのは分かり切っていて。どちらにしろもやもやする。

それでも、那由多は言っていた。

「詳しいこと教えて、京兄。僕、やるよ」

家族相手に模型を作って小遣いをもらうのではなく、きちんと赤の他人を相手に取引をする。そんな背伸びをした大人の関係に惹かれたのは事実だったから。

那由多がこういったもやもやを周囲の年長者に抱くようになったのは、いつからだろう。

反抗期、というわけではない。そこまで幼くない。だったら何だと言われるが、自分でもこのいらつきの名前がよく分からない。

別に親たちが嫌いなわけじゃない。那由多の将来も気にしてくれていて、口やかましすぎることもなく、適度に放置。衣食住も満ち足りて、嘆くような不満もない。親族一同で当然のように建築関係に進むと決めつけてくるのが多少、鬱陶しいが、那由多自身、建物やそれが形作る街並みを見るのが好きだ。他にしたいことがあるわけでもない。たぶん自分は親たちと同じ職につくだろう。

そんな一見、文句のつけようのない環境が、逆にストレスなのだ。恵まれているとわかっていても、親たちの顔に妙にいらつく。それが最近の那由多だ。

「……ふーん、けっこう異人館に近いところにあるんだ、お店」

那由多は京から話を聞いた数日後、さっそく神戸の北野を目指していた。

神戸北野、つまり、神戸市中央区北野町は、市街地から山よりに上がったところにある閑静な住宅街だ。住宅街といっても通りには店もあり、観光客がいてにぎやかだ。

京からもらった店の名刺によると、件のお店、〈仙寿園〉は阪急電鉄神戸三宮駅を出て山側、神戸の街でもひときわ目立つとがった三角屋根、ＡＮＡクラウンプラザホテル神戸の方へと上がった所にあるらしい。

うららかな春の昼下がり。

緩やかに山から海に向かって傾斜する北野坂には、街路樹の若芽が淡い緑の影を落とし、山からの風がふわりと頬を撫でて気持ちがいい。

近隣市に住んでいるので那由多も神戸の街にはよく来るが、こんな風にじっくりと北野を歩くのは初めてだ。改めて見ると、不思議な街だと思う。

海に近く、港や県庁もある地方都市なのに、少し山手へそれただけで緑が目立つ通りにレトロな洋館が混じるしっとりと落ち着いた街並みになる。

かと思えば次の通りには派手なインド風レストランが出現し、路地を抜けると、観光客と屋台でにぎわう円形広場がある。今でも地元の人が通うキリスト教の教会や、異国情緒たっぷりのイスラム寺院まであって、いい意味で観光都市のあらゆる要素が凝縮された、おもちゃ箱のような楽しい街なのだ。

そんな非日常たっぷりの街にどうしてのどかな植物専門店がと思うが、実際にサボテンを生産し、育てているのは本店というか、神戸近郊の宝塚（たからづか）市山本（やまもと）にある本園のほうで、北野に新たにオープンしたのは、アンテナショップめいたお店らしい。

山本なら那由多も知っている。家に仕事の電話がかかってくるからだ。日本三大植木の生産地で、わずか数キロ四方に数十もの造園業者が軒を連ねているのだとか。

那由多は見本にとプリントアウトした自作ミニチュア画像のファイルを手に、もう一度、店の所在地を確かめてから坂を上る。春休み中の今は平日の昼間で、土日と比べれば通りを行く人も少なめだ。ゆっくりと街並みを観察しながら歩くことができる。

北野の異人館といえば、煉瓦の外壁と風見鶏がついた尖塔が特徴的な風見鶏の館に、天然石の外壁スレートがうろこ状になったうろこの家辺りがポピュラーだろうか。

明治時代、鎖国していた日本が海外からの商人たちに港を開放し、居住区を提供したのが北野の異人館街の始まりだ。明治から昭和初期にかけて、約二百軒もの異人さんの館が建ったらしい。そして今でもそのうちのいくつかが、店や美術館になって残されている。

今回、那由多が受けた依頼は、これらの異人館のミニチュア作り。

観光名所として公開されている建物には遠慮なくスマホを向けて参考写真を撮る。

時代を越えて受け継がれた旧い洋館の数々。これらの建物を作った人たちはもういない。それでも彼らの作品は残り、後の世の人々に愛されている。そこに同じクリエーターとしての魂がうずく。彼らがこれらの建物に込めたメッセージを読み取り、今の時代にミニチュアとして復元したくなる。

そういった洋館だけでなく、個人の家を見るのもいい。建築家一族の性か、凝った作りの建物があると写真に撮っておきたくなる。

素材の組み合わせや色の変化、窓や扉の位置。中の間取りはどうなっているのだろうと、住む人のことを考えるとわくわくする。なので北野を歩くのは楽しかった。

「模型作家の性だよなあ」

つぶやきつつ、ふとスマホの時刻表示を見た那由多は、足を速める。少しゆっくりしすぎた。約束の時間に遅れそうだ。

急いで坂を行き、角を曲がって、件の店、千寿園を見つける。

とたんに、那由多の目が点になった。

「なんだこりゃ」

サボテン、だ。

見つけたお店は異様な外観だった。店の入ったビル自体はよくある集合住宅だ。一階は店舗、上は住宅になっていて、二軒入った店舗のうち山側は北野らしいレトロなオルゴール専門店になっている。お洒落で、楽し気で、ごくごく普通の、街角の風景だ。

問題は、那由多が訪ねてきた仙寿園にあった。

南北に走る大通りと東西に走る路地の交わる角地にある、大きな窓の店。その白っぽい壁一面が、薄青い色に染まっているのだ。

にょこにょこと、ムーミンにでてくるニョロニョロのような細長い枝をあちこちに伸ばしたサボテンや、丸くて平たいコロッケみたいな葉をつらねたサボテン、その間に赤やピンクのカラフルな色合いを見せる小さな球体の鉢植え。

壁全体に、ぎっしりとサボテンたちが絡みついて、まるでサボテンを描きなぐった抽象画のキャンバスみたいになっている。そして通りとは少し段差のある店の扉の両側には、番兵よろしく、円筒形の巨大なサボテンが立っていた。

一目見たら忘れられない、迫力のある光景だ。迫力がありすぎて、中に入るのをためらう。通りかかる人、皆に門戸を開くお店としては問題ありの外観だ。

(……もしかして、これか？　京兄が言ってた独特なセンスって)

というか、サボテンってこんなに大きくなるんだ。

あっけにとられて巨大サボテンを見上げていると、カラン、と鐘の音がして店の扉が内側から開いた。

「いらっしゃいませ……、って、あれ？　もしかしてお客様じゃなくて、あなたが白石先輩の従弟さん？」

涼やかな声とともに現れたのは、フェミニンな水色のシャツワンピースを着た女性だった。サボテンだらけの壁を背に、長い髪がゆれている。

「あ……」

那由多は思わず目を丸くした。美人だ。

いわゆるモデルのような隙の無い美人ではなく、清楚なお姉さん系。

もしやすっぴんではないかと思わせるすべらかな頬に、今どき珍しくカラーを入れていない黒い、長い髪。ふわりと広がるワンピースの裾や柔らかな色のカーディガンも彼女に素晴らしく似合っていて、那由多は自然と、父が屋内インテリアイメージの参考にとコレクションしているCM画像の『綺麗なお姉さんは好きですか』というフレーズを思い出していた。

「えっと、店長さん、ですか……？」

「ええ。坂上(さかうえ)緋沙子といいます。よろしくね、白石君」

にっこり笑って答えられて、固まる。こんな綺麗な人だなんて思わなかった。店長という肩書だから、もっと大人な、頼れる感じの女性かと勝手に想像していたので、戸惑う。

だが、

「今日はわざわざ来てくれてありがとう」

驚く那由多の前で緋沙子さんが深々と頭を下げると、さらりと長い髪が前へと流れて。

癖のない髪だからか、背を覆っていた髪がすべて顔の横へと流れ落ちて、那由多よりも少しだけ背の高い彼女の綺麗な項から背へのラインが露わになって。

それを見て、那由多は息を呑んだ。

さっきまで感じていた、綺麗なお姉さんへの憧憬という名の呪縛が解ける。

こんな上品そうなお姉さんが。まさか。いや、でも黙っているのも失礼で、彼女だってこのままだと恥ずかしいだろうし……。

迷った末、那由多は勇気を出して言ってみた。

「……あの、カーディガン、裏返しです。タグが見えてて」

「え?」

「その、ワンピースも値札がついたままです。首の後ろにぶら下がってて」

「嘘、やだ、今朝はばたばたしてたから」

緋沙子さんがあわててカーディガンを脱ぐと、ワンピースの値札を手に取ろうと、自分の尻尾を追う犬のようにその場でくるくると回りはじめた。

どうしよう。

緋沙子さんは恥ずかしい、恥ずかしい、と顔を真っ赤にしてぱたぱた手を動かしているが、ここは店の外、公道だ。通行人の眼が痛い。隣のオルゴール店からも店員らしきおばちゃんが「あらあら、どうしたの」と好奇心いっぱいに目を輝かせて出てくる。恥ずかしいと連呼するなら、店に入って身支度を整えるべきだと思う。

サボテンだらけの異様な壁面といい、来客を拒むかのように威圧する入り口のサボテンといい、何かがずれている。

（……京兄が、ついででいいから内装チェックしてきてって頼んだの、わかる気がする）

来店、及び、店頭滞在時間わずか数分。

それだけで那由多は京の苦悩の一端を、正しく理解した。

「ごめんなさい、この服、兄に店に出るならこっちにしろって、朝、渡されたばかりで。値札とか取ってあるとばかり思って、そのまま着ちゃったやつで」

それはカーディガンを裏返しに着ていた言い訳にはならないと思う。

「こんなことならいつもと同じ、仙寿園の作業服で出勤すればよかった。あれなら胸ポケットも園のネーム刺繍もあるから、絶対、裏表間違えないのに」

いや、そこは今の服を渡したお兄さんが正しい。店員の服装にはＴＰＯがあると思う。洒落た店が立ち並ぶ北野の街で、作業着の上下はないだろう。

店頭での騒ぎから数分後。

那由多は緋沙子さんと共になんとか無事、店内に収まっていた。

「あの、これ、母からです。お世話になります」

と、阪神間の手土産の定番、洋菓子店アンリ・シャルパンティエの焼き菓子詰め合わせを渡す儀式も終え、「ありがとう。そんな気を使わなくていいのに。仕事をお願いしてるのはこっちなんだから」と、緋沙子さんの返礼も受け取って、ようやく一息ついたところだ。

店内は明るかった。天井は高く、床は全面ワックスなしの板張り。角部屋で大きく窓をとってあるのでさんさんと春の陽が差し込んでくる。植物店にはぴったりだろう。周囲の異人館を模しているのか、窓もレトロな格子木枠で、ずらりと並んだサボテンたちの姿と相まって、店を大きな温室のように見せている。

クリスタル・パレス。

父に見せてもらった、十九世紀の英国にあった大温室の描画を思い出した。

他にも既視感があるが思い出せない。非日常なのに、懐かしい。奇抜なのに落ち着く。白く輝く砂上に、壁に、棚に、店内のあらゆるところに丸いもこもこしたサボテンが並んでいる様は、水族館でクラゲの水槽に囲まれているようで、不思議な雰囲気だ。ここでは時の流れが外とは違う。ゆったりしている。

「いいお店でしょ。光がよく差して。最初はもっといっぱいサボテンを並べてたんだけど、白石先輩が数を抑えたほうがいいって棚をデザインしてくれたの。確かにこっちのほうが風通しもいいし、この子たちも嬉しそう」

さすが建築専門家は違うよね、と緋沙子さんはにこにこしているが、お客様への配慮ではなく、サボテンの生育環境を口にするところが、内装監修の京兄の苦労を物語る。

（……前途多難だな、京兄）

自分もこれからミニチュア製造方面でこの店に関わるわけだが、ちょっと他人事のように京に同情してしまった。個性ある店はいいが、個性が強すぎる店は問題だ。

立ち入りすぎかと思ったが、さりげなく来店者数を聞いてみる。涙が出そうになった。

「京兄さんからオープンしたのは一週間前って聞いてますけど」

「そうなの。急な話でね、ばたばた準備して、今、やっと落ち着いてきたところ。ここ、本当は知り合いの店なんだけど、彼女、海外に修業に出ちゃって、その間、貸してもらってるの」

「修業、ですか？」

「うん。彼女、硝子工芸作家なの。ここも売店兼作品展示室だったのよ」

ほら、と店内にまだ残っている花や籠の形をしたガラス細工を指さされる。サボテンと一緒に並ぶこの細工を見て、京兄は那由多のミニチュアを置くことを思いついたそうだ。異人館のミニチュアなら観光地色が出せるし、可愛らしく作れば、観光客の過半数を占める女性客の心をつかめるとにらんだらしい。

なのに肝心の店長の緋沙子さんに危機感がない。ほんわかした表情で、「私、山本以外の場所にサボテン専門店を開くのが夢だったの。もっともっとたくさんの人たちにサボテンの魅力を伝え、広めたくて」と、欲のない宣教師のようなことを言っている。

「にしてもよく貸してくれましたね。ここ、北野でもかなりいい場所でしょう?」

「彼女、二年で帰ってくる予定だけど、時期がはっきり決まってなくて。もしかしたら早めに帰国するかもしれないの。だから逆に凄い人気店が入って賃貸期間に融通が利かなくなるのも困るらしくて。でも遊ばせておくのはもったいないし、無人だと部屋って傷むでしょ。だから内装をいじらないことと彼女が帰ったらすぐ明け渡すのを条件に、格安で貸してくれたの。それで中はほとんどいじってなくて。ほら、雑貨屋さんみたいな雰囲気でしょ」

「え、でも、外のサボテンは? 見事に生い茂ってましたけど」

「あれは全部鉢植え。外壁を傷めないように少し離して木枠を組んで、そこに植木鉢をはめ込んであるの。壁に釘一本打ってないし、木枠は頑丈に組んだから台風が来ても大丈夫。それでいて組み立て式だから半日も有れば撤去は可能。すごいでしょ。うちの母体は造園業だからね。まかせて」

緋沙子さんが自慢げに胸を張る。サボテンは頻繁な水遣りの必要がなく、土が乾燥しているので見た目ほど鉢は重くないそうだが、那由多が突っ込んだのはそこではない。駄目だ。センスだけでなく、会話もずれている。

（京兄が自腹きってまで、ディスプレイとかに口出ししたくなるの、わかる気がする……）

京兄はできる男なうえ、面倒見がいい。職場の先輩後輩だけでなく、未だに学生時代の知り合いからも相談事を持ち掛けられて、休日やアフターファイブの予定は順番待ちの有様だと伯母から聞いた。そんな京兄だからこの店の惨状を見かねたのだろう。

ダイヤの原石というか、磨けば光る素質はありそうな店なのに。もったいなさすぎてかえって創作意欲がうずうずする。バイトを抜きにして、個人的にもやる気が出てきた。

改めて店内を見る。

ところどころに非売品の札をかけた大きなサボテンがあるが、他は持ち帰りしやすいようにか、小さいものが多い。玩具みたいな素焼きの鉢や紙コップよりも小さいプラスチックのポットに、一つ一つもこもこしたサボテンが植えてある。一か所にこんなにたくさんのサボテンが並ぶのを見るのは初めてだ。

意外なことに、サボテンと言えば連想する、痛そうな棘が生えた物ばかりでなく、ふわふわした羽毛のようなものに包まれた物や、蛇か蜘蛛の脚のような細長い体をにょろにょろと四方八方に伸ばした不思議な造形の物までいろいろある。今はちょうど春の開花期だとかで、驚くほど色鮮やかな花を咲かせた個体がいたるところにあった。まるで花園だ。

(あ、既視感が何か、思い出した)

『風の谷のナウシカ』だ。

DVDで見たアニメ映画の中に、ヒロインが腐海と呼ばれる森から胞子を集めて、秘密の部屋で栽培するシーンがあった。あの部屋にあった不思議な植物たちに、びっしりと天井近くにまで幹を伸ばしたサボテンたちの非日常な感じが少し似ている。

「可愛いでしょ? こっちの子たちがマミラリア属、白鳥って呼ばれる人気品種よ。それでそっちが同じ白マミの白星に白玉兎。それと紅い棘が可愛いのが錦丸。それでこっちがオプンチア属、俗にいう団扇サボテンね」

緋沙子さんが次々と紹介してくれるが、素人には同じ属だとサボテンたちの違いがわからない。違う色の花が咲いているので違う属かと思うと同じだと言われるし、似た形が多すぎる。さすがに丸くてひらべったい、まさに団扇のような形をした団扇サボテンと、扉わきに直立している柱サボテンは別の属だと区別がつくが。

ちなみに団扇サボテンは食べられるらしい。

「棘をとって皮をむいてね、刺座(しざ)っていう棘の付け根にある綿毛みたいな部分を削ってフライパンで焼くの。塩・胡椒を振ってステーキにしたり、細く切って肉や他の野菜と炒めたり。見た目が美しいだけじゃなく食べても美味なサボテンってすごいでしょ」

どんな味か想像できない。最初に食べた人は凄いと思う。

「栄養価も高いのよ。海外じゃ普通に市場で売られてるし。ドラゴンフルーツなら白石君も見た事あるんじゃない？　ちょっとでこぼこしたファンタジーな見かけの実。あれって白と赤があるけどそれぞれで含まれる栄養素が違うの。おもしろいでしょ」

緋沙子さんが楽しそうに語ってくれる。よほどサボテンが好きなのだろう。聞いてみると祖父の代からサボテンを生産しているという筋金入りだった。

「でもなかなか売れなくて。観光客が減ってるのもあるけど、サボテンしかないから、お土産にしにくいんじゃないかって白石先輩には言われたの」

「確かに旅先で鉢植え買う人ってあまりいませんね。かさばるし」

「赤玉土(あかだまつち)とかゼオライトとか普通の土より軽いものを鉢に入れてるし、サボテンは毎日、水をあげてるわけじゃないから水漏れとかもしないんだけどね」

持ち帰り用には鉢をきっちり紙カップでカバーして、植わったサボテンも倒れないように補強。土や水がこぼれない取っ手付きの密閉パッケージも用意してあるそうだ。宅配サービスも行っているらしい。

入店してくれる人自体も少ないの、と言われて、店内を見回してみる。

白漆喰が塗られた壁際には、丸い木樽に入れられた白や薄茶の小石めいた栽培土。それに黒いものは砕いた炭か。それらすべてに珈琲豆専門店で見るような銀色の計量スコップと、値段と名前を書いた札が挿さっていて、傍らには緋沙子さん配合のサボテン用土が入った、紅茶か珈琲豆を売っているみたいな麻色の紙袋がある。

隣にディスプレイされているのはサボテンが表紙の洋書。少しペンキの禿げた脚立には真鍮（しんちゅう）のじょうろやガラスの霧吹きが置かれていて、カフェか洒落た雑貨店のような雰囲気だ。女性客を集めるために、京兄が頑張ったのだろう。

場所だっていい。人の多い駅前通りのようにはいかないが、風見鶏の館やうろこの家をはじめとする異人館街から程近い、観光コースだ。隣はレトロなオルゴール店。素人目にも十分女性客の興味を引けると思う。

「これでお客が入らないんですか」

「実演販売が効果あるかもって、鉢からすべてコーディネートして植え替えができるワークショップも開いたりしてるんだけどね。好きな鉢とサボテンを選んでもらって、自分だけの鉢植えを作って、お土産にするの。根の定着具合とかあるから、物や距離によっては持ち帰りは無理で後日宅配になるけど」

面白そうなのに、今のところ利用客はゼロだそうだ。

企業努力もしている。広さが必要な家庭菜園と違って、テーブルや棚の片隅にも飾れるサボテンの鉢植えは場所も取らない。活花のように水をしょっちゅう換えなくていいし、部屋に一つでも緑があると心も和むだろう。需要があると思う。

これで客が入らないとなると、やはり店の外観がネックか。

店内から外の通りのほうを見る。角部屋に位置する店には、通りに面して、南に三つ、東に三つ、ショーウインドウのように大きくとられた格子窓がある。

緋沙子さんの様子を見るとあの外壁を何とかする気はなさそうだし、京兄が「ディスプレイに異人館のミニチュアを」と言った通り、サボテンだらけの外壁の隙間に大きく開いた、この六つの窓が鍵となるだろう。

どんな客寄せミニチュアをつくってそこに飾れば、今の入りにくい印象を覆せるか。

うーんとうなりつつ、考えていると、「座らない？　疲れたでしょ」と緋沙子さんがワークスペースの机に席の用意をしてくれた。

「ワークショップのお客様にはお茶を出すことにしてるの。サービスで」

お湯を沸かして近くの雑貨屋さんで買ったという可愛いラベルの紅茶を淹れてくれる。ふわりと渋い香りが漂って、口に含んでみると案の定、苦かった。

問題はセンスだけではなかったか。こんなものを客に出しては駄目だろう。

「……僕が淹れます」

もはや遠慮する気もどこかに飛んでいった。教えられたカウンター奥の給湯室で新しい紅茶を淹れて出すと、一口、口に含んだ緋沙子さんが目を丸くした。

「白石君、紅茶淹れるのうまいね」

こちらをきらきらした眼で見られたが、違う。緋沙子さんが下手すぎるのだ。ついでに茶葉はあってもミルクや砂糖の用意がない。

図々しいかもと思ったが、口内が渋いままなので口直しにと、自分が持参した菓子箱も開けて皿に盛ってみた。緋沙子さんは怒るどころか無邪気に、わーい、ありがとう、白石君、お茶会みたい、と喜んで手を打ち鳴らしている。

京兄の言う通り、素直な人なのは確かだ。ますます話しやすくなった。というか緊張が完全に解けた。これは放っておけないというか。

「あの、僕の名前なんですけど、良ければ苗字じゃなく下の名前でお願いできませんか。白石だと、京兄とごっちゃになってややこしいので」

「あ、そうか。ごめんね、白石君、じゃなかった、那由多君。じゃあ、私のことも緋沙子って呼んでくれる？　店長さん、だと他の店の店長さんとごっちゃになるから」

改めて自己紹介をしあって、仕事の話に入る。

「京兄からは異人館のミニチュアをと頼まれましたけど、大きさの上限とかありますか？場所をとる物だと今のままでは置くスペースがなくてサボテンを動かしてもらうことになるので、希望とか聞いておきたいんですけど」

「そのことなんだけど。実を言うとミニチュアのこと言いだしたの、白石先輩なのよね。だから先輩がどんなイメージをもって那由多君に依頼したのかよく分からなくて。そもそもディスプレイ用の建物の模型ってどんなものがあるか知らないから。大きさと言われても、場所の指定すらしづらいの」

「あ、言われてみれば。馴染みのない方にはよくわからないですよね」

同じ建物の模型といってもディスプレイに使うのならいろいろある。建築模型のような写実的な縮小模型タイプや、張りぼてみたいに片面だけつくって壁に貼り付ける物、骨組みを強化して、屋根や窓を台のようにつかって商品を置ける実用的な物もある。

「私としてはある程度デフォルメされた手のひらサイズなら、鉢の隙間に置けるし、テラリウムにも使えるからいいなと思うんだけど。そういう模型の製作も可能なのかな」

「あの、テラリウムって？」

聞きなれない単語があったので問い直すと、緋沙子さんが説明してくれた。硝子鉢につくる寄せ植えみたいなものらしい。ワークショップではサボテンの植え替えの他にテラリウム作りもする予定で、今、那由多がついている机もその作業用だそうだ。

「あ、ちょうどいいから、那由多君、良かったらテラリウム、作ってみない？」

「え」

「どんなものかわからない時は自分で作ってみるのが一番よ。そしたらサイズとか実感できるから。ついでにワークショップ第一号のお客様になって。で、作るうえで困ったこととか問題点とかあったらリポートして。料金はもちろんサービスするから」

「ち、ちょっと待ってください」

那由多はあわてた。仕事の話をしているのに何故そうなる。園芸なんてやったことがない。

「僕はここにはミニチュア模型作りの採寸に来ただけで」

「そのミニチュア作りのためよ。那由多君って専用の土台の上でしかミニチュアを作ったことないでしょ？」

緋沙子さんがびしりと言う。優しげに見えて押しが強い。

「この店に置くなら、物によっては土の上に直接置いてもらうことになる。その場合、材質は、重さは、強度は。実際に土に触って確かめたほうがいいもの。水もかかるし、土に薬剤とか溶け出さないようにしないといけないし。そこらへんミニチュア素人の私じゃ仕様を注文できない。那由多君に工夫してもらわないと」

「それはそうですけど」

「それに那由多君の癖というか、作風も知りたいのよね。作品見本なら白石先輩からネット上の画像を見せてもらったけど、こう、那由多君の作品カラーがよくわからないの。たぶん、実物をモデルにしてあるからなんだろうけど、写実的過ぎて」

さすがはガーデンデザイナーも兼ねる造園業者の娘というべきか。店内センスは妙でも見るところは見ている。

那由多がミニチュアを作る時、先ず頭に置くのは、「いかに本物そっくりに作るか」だ。技術的に再現が難しく簡素化する部分はあっても、好きなようにデフォルメするなど、個人の嗜好が出るアレンジは一切入れていない。

「服を選ぶにしても料理を盛りつけるにしても、何かをすれば無意識にその人の好みが出るでしょ？　優しい感じが好きとか、すっきりしたのが好きとか。それと同じ。テラリウムを作ってくれたら、私も那由多君のことがわかると思うの。それって重要でしょ？」

店内ディスプレイはいわば那由多君と私とサボテンたちとの共同作業になるわけだし、相棒のことは知っておかないと、と、神妙な顔で緋沙子さんが言った。

「一方的にサボテンに合わせてもらうだけじゃ、那由多君の良さが発揮されない。逆も同じ。相乗効果が生まれない。それどころか那由多君に不向きな注文を出したらせっかくの那由多君の良さを殺してしまう。だから那由多君の作風というか内面を知りたいの」

そこまで言われると、那由多も断り切れない。

緋沙子さんの異様にきらきらした眼に、誰かにワークショップを利用させてみたかっただけなのではとも思ったが、

「わかりました」

言うと、那由多は椅子に座り直した。緋沙子さんが造園業者の娘なら、こちらも物心ついた時からプロの建築家に囲まれて育った、物づくりのサラブレッドだ。初めての分野だからと怖がってはいられない。緋沙子さんが待ってましたとばかりに机の下からいろいろな形の器や、飾り用だという小石や苔などの入った木箱を取り出した。

「じゃあね、さっそくだけど、最初にだいたいのイメージを決めて、鉢とメインになるサ

ボテンを選ぶの。サボテンは一つでも二つでも好きなだけ。那由多君の好きな物を器に入り切る程度に選んで。そこから順番に合う土とか、植える間隔、使う道具とかの説明をするから」

さあ、どの子にする？　と緋沙子さんが店内を指し示した。

いきなり選べと言われても。那由多は困惑した。数が多すぎてとっさに手が動かない。サボテンなんてじっくり見たのは今日が初めてだし、テラリウムという言葉を知ったのもついさっきのことだ。イメージが固まっていない。那由多の普段の製作は入念な調査の上での模倣だ。だからだろうか。創作するにあたって最初にこんな風に作ればいいという課題というか、縛りがないことが逆に落ち着かない。頭の中のキャンバスは真っ白だ。

(え、僕、こんな自由創作に弱かったっけ……？)

困っていると、緋沙子さんが助け舟を出してくれた。

「ほら、こういう風に植えていくの。私が作ったテラリウムの見本だけど」

棚から鉢を降ろしてくれる。並べられたテラリウムを見て、那由多はさらに困惑した。

(……盆栽？)

いや、枯山水か？　寄せ植えと聞いたから、庭や店先でよく見る数種の花を植えた鉢を想像していたのに、全く違った。

そこにあったのは、平たい金魚鉢のような容器の中に、絶妙な配置で植えられた二種のサボテンと、それらをつなぐ白砂の表面に描かれた、美しい流水紋だったのだ。京都の古刹（こさつ）気分だ。漂う静謐（せいひつ）感。深い藍の硝子の容器の色とあいまって、すっかり和の雰囲気になっている。洋風のイメージがある可愛らしいサボテンが、すっかり和の雰囲気になっている。

なら、テラリウムとは和風のイメージなのかと思いきや、その隣にあるのは前衛的な金属枠の容器に植えられたまん丸いサボテンだった。周囲には食玩だろうか。宇宙服を着たアストロノーツの人形や、人工衛星が置かれている。まるきり月世界のジオラマだ。まったく共通部分がない。

サボテンが植わっている、というところしか。何の関連もない、雰囲気もまったく違う作品なのに。感じるのだ。那由多にも伝わってくる。これらは同一人物の作品だと、那由多にも伝わってくる。

那由多は園芸もテラリウム作りも初心者だ。テラリウムの実物を見るのも初めて。だからこの緋沙子さんのテラリウムが世間一般的に見て良い作品かどうかの判断はつかない。なのにわかる。これらの鉢に共通する作者の意図というか、作品に注がれたものが。

「テーマはずばりサボテンよ」

緋沙子さんが言って、那由多は無言でうなずく。うなずくしかできなかった。

月世界のほうは真ん中に、どん、と植えてあるからわかるが。枯山水のほうは真ん中に植えてあるわけではない。白砂に描かれた流水模様がメインかと思う配置だ。なのに自然とサボテンに眼が行く。この作品がサボテンを引き立てるためにつくられた物とわかるのだ。

改めて店内を見る。京兄の手が入っているのがわかった。京兄が好きでよく使うデザインパターンがそこかしこに見える。そんないわば京兄の色が漂う中に、それでもその色に埋もれることなく、いたるところから緋沙子さんの色が顔を出している。

一番重要なのはサボテンだ、という主張が。

（これが大人（プロ）の仕事場……？）

創作家として大切だと父がよく言っている、〈個性〉が店中にあふれていた。緋沙子さん作のテラリウムもそうだ。ただ、サボテンを植えただけ。そのシンプルさがかえって怖い。ごまかしがきかない。

そして今、那由多はこれと同じものをつくることを求められている。

流行の、よくあるといわれるインテリアに自分のパターンを出して見せた京兄のように。本職である京兄の内装にも負けず独自色を出して見せた緋沙子さんのように。自分のスタンプとでもいうべきものを内包したテラリウムを。

急に空気が重くなった。プレッシャーを感じる。

やばい。今さら作れませんなんて言えない。自分はここへは模型作家として来ているのに、鉢植えの一つも作れないのでは腕を疑われて京兄にまで迷惑をかけてしまう。

よけいなことまで考えて焦っていると、カラン、とドアベルが鳴って誰かが入ってきた。

お客様だ。

那由多はほっとした。

助かった。これで緋沙子さんは接客を始める。テラリウム作りも中断だ。その間にどんなテラリウムにするか考えられる。

那由多は感謝を込めて振り返った。

だがそこにいたのは那由多が期待したような〈お客様〉ではなかった。

若い女性だ。

リクルートスーツめいた黒いスーツを着て、肩には大きめのバッグを提げている。

そこだけなら仕事途中に休憩がてら立ち寄った営業さんかと思うが、バッグの持ち手を握り締め、こちらをにらみつける表情がただごとではない。

「えっと、いらっしゃいませ……？」

緋沙子さんが戸惑いつつも声をかけるが、女性は聞いてはいなかった。

つかつかと店内を横切ると、緋沙子さんの前に立ちはだかる。

「あなたがここの店長の緋沙子さん？」

「は、はい。そうですけど」

「ぬけぬけと。この泥棒猫！　恥を知りなさいよ！」

見知らぬ女性は言うなり腕を振り上げると、作業机の上にあったカップを叩き落とした。

ガシャンとカップの壊れる派手な音がして、那由多は息をのんだ。

（いったい何ごと……!?）

生まれて初めて「泥棒猫」などという単語をリアルに耳にした那由多は、声を出すことも忘れて、その場に固まった。

2

闖入（ちんにゅう）してきた女性は、咲良（さくら）さんというそうだ。

今年から社会人になる予定の会社員で、今は大阪にある本社でレクリエーションも兼ねた新人研修の真っ最中。今日は終了後は直帰予定で神戸にある支社の見学に来たのだが、早めに終わったのでお茶と甘味を楽しもうと、同期と街に繰り出してきたらしい。

と、いう情報は、

「緋沙子ってあなたでしょ。仙寿園の本店ってとこに電話したら今はアンテナショップのこっちで店長してるって言われたんだから」

声高に詰め寄る咲良さんと、

「あの、すみません、お話がよくわからなくて。仙寿園関係のことでしょうか⁉」

わたわたしている緋沙子さんの、会話とは言えない会話から拾い出した。咲良さんは緋沙子さんにつかみかからんばかりの勢いで、これはもうどこから見ても修羅場だろう。

(どうしたらいいんだよ、これ……)

中学から男子校生活で、女同士の喧嘩に免疫のない那由多はうろたえた。

警察に連絡すべきだろうか。だがカップは割れたが人体に被害は出ていない。通報をしても来てくれないかもしれない。

那由多は家でも学校でも影が薄いほうだ。性格もおとなしめだし、冒険に憧れることはあっても結局は平穏が一番と、厄介ごとには距離をおくタイプだ。だからリアルでこんな事態に巻き込まれたことはない。今回も口出しせず、じっとしておくべきかもしれない。

だが。

(ここにいる男って、僕だけなんだよなぁ……)

正直、年上の女性が二人、向かい合っている状況はむちゃくちゃ怖い。だがもめている女性二人を残して逃げるなんて、やってはいけないことだと思う。

「あの、少し落ち着きませんか、二人とも」

勇気を振り絞って声をかけると、二人に距離をとらせようと手を伸ばす。すると咲良さんに振り払われた。

「邪魔しないでっ」

そのタイミングが悪かった。勢いの良い腕の動きに、腰が引けていた那由多は姿勢を崩して弾き飛ばされていた。

派手な転倒音がして、しんっ、と店内が静まり返る。

「……ご、ごめんなさい、怪我しなかった？」

一瞬の自失の後、咲良さんがあわてて那由多の傍に膝をついた。心配げに手を差し伸べてくれる。

乱入早々、緋沙子さんに食って掛かったので喧嘩っぱやい怖い人かと思ったが、そうでもないらしい。那由多を見る彼女の眼は、自分が傷つけてしまったいたいけな子どもを見る慈母のもので、「大丈夫？」と、言っていた。

「あ、すみません、平気です。ちょっと驚いただけで」

あわてて起き上がると、ほっとしたように咲良さんも立ち上がった。

このやり取りで、彼女の頭も冷えたようだ。緋沙子さんにつっかかるのはやめて、魂が抜けたようにぼうっと立っている。……意図通りにはいかなかったが、一応、騒ぎを収めることはできたようだ。

黙りこんだ咲良さんがそのまま帰すのもどうかという危うい感じだったので、緋沙子さんに断ってワークショップ用の椅子に座らせる。ついでに掃除道具の在り処も聞いて、割れたカップとこぼれた紅茶を片付ける。

改めて、新しい紅茶を淹れて二人の女性の前に置くと、優しい湯気に張り詰めていた気が緩んだのか、咲良さんがわっと泣き出した。

「わ、笑うなら笑っていいわよ、変な女だって。もう頭の中ぐちゃぐちゃで、どうしたらいいかどころか、自分がどうしたいのかもわからないんだから」

なだめすかして事情を聞いてみると、今日、一緒に甘味を食べに来たという同期は、大学時代からの彼氏で孝明さんというそうだ。つい二時間ほど前、二人で交差点で信号待ちをしている時に、信号無視をしたバイクを避けようとしたトラックが歩道につっこんできて、孝明さんが巻き込まれてしまったらしい。

「なっ、だったらこんなところにいる場合じゃないじゃないですか、傍についてないと」

「もう病院には行ったわ。検査もした。命に別状はないって言われて、今、手術の説明とか受けてるとこ」

孝明さんの家族が駆けつけたので、付き添いは彼らに任せて咲良さんは病院を抜け出してきたそうだ。

ぐすぐすと鼻をすすりあげる咲良さんにティッシュを差し出しつつ、もう少し突っ込んで聞いてみると、孝明さんはショックで意識がもうろうとしていたのか、搬送中の救急車の中で咲良さんの手を握り締めながら、「緋沙子、緋沙子を」「どうしても今日中に、伝えないと……」と、うわごとのように繰り返していたのだという。

「……で、孝明に他に好きな人いて、その人に会いたいって言ってるのかと思って」

「ここに来たってわけですか」

どういうことですか、と緋沙子さんを見ると、緋沙子さんはあわてて首を横に振った。

「ち、違うから。とにかく私じゃないから。孝明、なんて名前、初めて聞いたもの」

「えっと、咲良さん、でいいんですよね。そう呼ばせていただきますよ。その緋沙子さんって本当に孝明さんの好きな人なんですか？　例えばお母さんとかおばあさんとか、会社の上司で事故に遭ったこと伝えなきゃと思ってたとか」

「孝明のお母さんは千賀(ちか)さんよ。上司っていうか研修担当の人だって男だし。おばあさんの名前までは知らないけど、はっきりしたこと聞きたくても、孝明、病院についたらすぐ検査に連れてかれて、詳しく聞く暇なんかなかったもん。だいたいなんでおばあさんや上司を名前呼びするのよ。こういう場合、普通、女でしょ」

「どうなんですか、緋沙子さん」

「いや、待って。本当にその人が緋沙子さんって人に会いたがったにしても、人違いだから。というか、そもそもどうして私がその〈緋沙子〉だと思ったんですか」

「だって孝明の家にメモがあったから。仙寿園って店の電話番号と緋沙子って名前があって、試しに電話したら、本当に緋沙子って名前の人がいるって言われて」

私のほうこそ緋沙子って誰って言いたいわよっ、と咲良さんが声を荒らげて、緋沙子さんが困り果てた顔をする。

咲良さんの事情はわかったが、わずかの時間、一緒にいただけでも、緋沙子さんが他人の恋人を奪えるような器用な人でないことくらい理解できている。きっと誤解か何かだ。なのにその孝明さんの部屋に電話番号と名前がセットで書かれたメモがあったのなら無関係とも言い切れない。緋沙子さんの申告通り、相手が会ったこともない人なら、そんな個人情報を知られていることのほうが逆に気になる。

「あの、本当、に……？　そう書かれていたんですか？」

「疑うの？」

戸惑いつつ問いかける緋沙子さんに、やけになったように咲良さんが言った。

「なら自分の眼で確かめてよ。孝明の家、すぐそこだから！」

それから、数十分後。

電車に揺られながら、那由多は両隣の様子を、そっとうかがっていた。

（バイトの話をしにきただけなのに、なんでこうなったかなあ……）

事態を収拾するにはこれしかないわけだが。緩衝材のように立つ那由多をはさんで右側にはむっつり黙り込んだ咲良さん、左側では緋沙子さんが吊革につかまっている。

三人は北野の店を閉め、孝明さんの部屋へと移動中だった。

咲良さんはまだきつく眉根を寄せたままだし、緋沙子さんはへたに口を開くと咲良さんを刺激してしまうので無言の業を自らに課している。沈黙が気まずい。

緋沙子さんと咲良さんを二人で行かせるのもどうかと思い、つきあうことにした那由多は、正直、この選択を後悔していた。年上のお姉さん二人に挟まれた今の状態は心臓に悪すぎる。

「……私ね、地元を出て、こっちの大学に入って、孝明に出会ったの」

電車に揺られる内に気まずさに耐えかねたのか、それとも巻き込んだ以上は那由多に基本情報を与えておこうと思ったのか、咲良さんがぽつりぽつりと語りはじめる。

「とにかく要領が悪い人なの。優しすぎるっていうか。事故の時もとっさに隣にいた人をかばって、それで自分がガードレールに足を挟まれちゃったの」

CTスキャンを撮った医師は大丈夫だと言ってくれたが、孝明さんは事故の際に頭も打っていて、病院に運ばれる間中、手を握る咲良さんのこともよくわかっていない様子だったそうだ。

「それで熱にうかされたみたいにずっと、部屋に緋沙子が、今日中に絶対、とか言ってるのよ？　気になってあたりまえでしょ？」

それは確かに気になるし腹も立つだろう。手を握っているのに、彼氏が自分以外の女の名を呼んでいるなんて。

「それで病院を飛び出して、店に？」

「孝明の家族も病院に来てくれたし、そうなったら私が付き添ってる意味もないし。……その、私、今、孝明の家族とは気まずいのよね。ほら、就職したら親って次は結婚を、とか考えるじゃない。でも私は、その、こうして彼女の顔してるけど実は関係消滅間際なのよね」

咲良さんが肩をすくめた。大学を卒業して同じ会社に入ったが、勤務地の都合でなかなか会えず、今日、別れ話をする予定だったのだとか。

「もう終わりだったの、私たち。だから孝明に他に彼女ができてても文句は言えないんだけど。移動ベッドに乗せられて検査室に消えてく孝明見てたらさ、ぶわっとアドレナリンとか出たのかな。なんか使命感みたいなのが湧いてきてさ。その緋沙子さんって人が部屋にいるなら、連れて来なきゃって思っちゃったのよね」

むちゃくちゃ憎らしい相手だけど孝明の言葉聞いたの私だし、他の人に丸投げできないし。最期に会わせてあげなきゃって、と、彼女は言った。

「たぶん、孝明が死んじゃうとか思ったんだと思う。お医者さんは大丈夫って言ったけど、目の前で事故ったとこ見ちゃったんだもの。やっぱり心配じゃない。怖かったし。それで完全にテンパっちゃって、その女が孝明の危機も知らずにのほほんとしてるかと思ったら、もう、どばーって頭に血が上っちゃって」

それで駆け付けた孝明さんの家族とは入れ違いに病院を出て、彼の部屋に行ったそうだ。彼の鞄から持ち出した鍵で中に入ると、緋沙子らしき人はいなかった。代わりに孝明さんの字で、〈緋沙子〉という名と仙寿園の電話番号が書かれたメモを見つけたそうだ。

「それで私、今度は頭の中が真っ白になって。こんな証拠見つけちゃうまでは孝明に限ってそんなことない。私はまだ孝明の彼女だって信じてたんだって、部屋に来たのも本当は誤解って証明したかっただけで、緋沙子なんて人がいるって思っちゃいなかったんだって、思い知って」

それで、店まで来て、緋沙子さんをなじってしまったそうだ。

「なのに会ったら孝明なんか知らないって言われるじゃない。もう、私どうしたら」

「それは、まあ、大変でしたね……」

「だって孝明って好きな作家は宮沢賢治(みやざわけんじ)で趣味がサボテン観賞なのよ？　そんな人が他に彼女作ってるなんて思わないじゃない。私だってサン・テグジュペリ好きだから人のこと言えないけど、考明ったら初めて会ったコンパの自己紹介でもそんなこと言うから皆引いちゃって。同じ観賞趣味なら宮沢賢治とセットで天体観測とかならまだかっこいいけどサボテンよ、サボテン。……でも何かそういうとこがほうっておけなくて」

飲み会も初めてだったらしい彼の世話を焼いている内に、なんとなく、一緒に食事に行ったりする仲になった、というのが二人のなれそめだという。

「でもそうなっても彼、何も言ってこないし。クリスマスだって誘ってこないし。ちゃんと彼氏彼女って付き合いだしたのも、私が、『ねえ、私たち付き合ってるの？』ってせまったからだったし。大人しすぎるっていうか、はっきりしなくて。付き合ってる間もサボテンがあれば彼女なんかいらないのかなって思う時もけっこうあったんだけど」

きつい言い方ばかりしているが、孝明さんへの愛を感じるのは咲良さんの表情のせいだろう。「まさか今になってこれはないよね」と言う彼女は半泣きだった。

「結局、クリスマスは私から強引に誘ったけど、彼女へのクリスマス・プレゼントにまでサボテンの鉢植え贈ってくる男なのよ？　そんなだから女関係だけは私、信じてたのに。だから私、その時も遠慮なくサボテンを突っ返して、花なら薔薇とかしか受け取らないってお説教したの。女の子は可愛くて綺麗なものが好き、イベントや記念日に誘ってもくれない男は駄目って」

悪気はなかったんだけど、孝明の世話を焼くのが普通になってたから、つい、と咲良さんが肩を落とした。

「きっと孝明も孝明なりに綺麗な物をってことでサボテンを選んだんだろうに、そこまで考えてあげられなかった。だからだと思う。孝明が私に、好き、とか、付き合おうとか、一度も言ってくれなかったの。最初から最後まで、彼が愛してたのはサボテンだけ。私が勝手に盛り上がって傍にいただけ。縁なんかなかったのよ」

「……あの、僕、まだ中学卒業したばかりの子どもだし、孝明さんにも会ったことない部外者ですけど。でも男の立場で言わせてもらいます。本当に傍にいられて迷惑なら言いますよ、ちゃんと」

口を開けるとまたややこしいことになりそうな緋沙子さんに代わって、那由多は言った。

「だってどうでもいい人の相手をするのに、大事な趣味の時間を奪われたくないです」

那由多だって親たちに文句を言いつつも、皆が来たら挨拶に出るし、酒が飲めなくても宴席で一緒に料理を摘まんでいる。その間、作りかけのミニチュアは放ったままだ。それは何のかんの言いつつ、皆といるのが好きだからだ。

「孝明さんだってそうですよ。研修が終わったらすぐに家に帰ってサボテンを愛でることだってできたのに、今日はあなたと話し合うのに三宮まで出てきたんでしょう？　嫌でさっさと別れたいなら来ませんよ」

好きな物を好きな人と共有できないのはつらい。でも嫌われてもかまわない相手になら、ずばりと「嫌」「帰る」と、言えると思う。

「それに同じ会社に入社できたんでしょう？　この就職難の時代に凄いことですよ。縁がない、なんてことないですよ」

必死に言うと、咲良さんが目を丸くしてこちらを見て、それから、「そうでもないよ」と言った。

「同じ会社に入ったたって、縁があるって言えない。言ったでしょ。勤務地のせいで会えないって」

「勤務地くらい。会いたいならがんばって退社後に会えばいいだけで……」

「神戸と静岡」

「え」

「だから、勤務地。神戸と静岡なの。勤務地くらい、なんて言えない距離でしょ」

那由多は黙った。神戸と静岡。新幹線で二時間ほどか？　会おうと思えば会えなくはない。だが気軽には会えない距離だ。

「で、でも、最初はそうかもだけど異動とかあるんでしょ、会社なら。希望を出せば」

「それも無理。私の実家がね、静岡なの」

と咲良さんは言った。「で、孝明の実家は神戸」と。

「私、大学卒業してから実家に帰ったの。今は研修だからこっちに来てるけど、研修期間が終われば静岡に帰る。一人っ子だから帰って家継がなきゃ。だから静岡に支店がある今の会社を希望したし、勤務地も静岡ってことで採用されたの」

だから異動はない。咲良さんが言い切る。

「孝明だってそうよ。こっちが地元だし長男だし。わざわざ静岡まで来る必要ない」

「そんな、家とか、親の言いなりになることないですよ。本当に好きでこっちに残りたいなら、今からでも別の会社探して、孝明さんだって……」

「別に私は言いなりになってないから。親はね、自由にしていいって言ってくれてる」

「だったら」

「でもね、口と本音は違うの。うち、地元じゃ大きめの家でさ。田んぼもあって。親たち、頭の中では娘が帰ってくるのは当たり前って思ってる。若い内だけ可哀相だから自由にしてあげたんだって。それがひしひしと伝わってくるの」

「それって……」

「重いよね。重すぎて、降ろせない」

咲良さんが顔を上げて、窓の外を見る。でもその眼は神戸の景色を映してはいなかった。

何を言えばいいのかわからなかった。

いい言葉を思いつかないなら黙ったままでいるほうがいいのか、無理にでも何か言ったほうがいいのか、それすらわからなかった。

那由多には恋心の機微はわからない。まだ誰かとつきあったことがないから、頭に浮かぶシチュエーションはすべてフィクション。小説や漫画から得たものばかりだ。

だが、親への想いなら共有できる。那由多も似た想いを現在進行形で抱えているから。

好きにしていいと言ってくれる親が好きで、でも期待されているのを感じて重くて。親を失望させたくないという気持ちもあって。自由なはずなのに、たまにがんじがらめに縛られている気がする時がある。

だから、咲良さんが抱えているもやもやとしたものなら、少しはわかる。

(でも肝心の、咲良さんへの言葉がわからない……)

那由多もまだ折り合いがついていないから。この重さの名称すら決められずにいるから。

だから那由多も黙って電車の窓の外を見る。

どこかの学校が見えて、消えていった。

多分、咲良さんの親だって本気で咲良さんの幸せを願ってはいるのだろう。自分たちが重荷になってはと、かえって不自然な嘘をついてしまっているのだろう。

そしてそれを咲良さんは無視できない。

自分を裏切ったかもしれない彼氏のためにここまで泣いて怒ることができる愛情の深い人だから、親の願いも無下にはできない。親と自分の心の狭間で歯を噛みしめている。

出せる言葉が見つからず、沈黙したままの那由多に、咲良さんが「ごめんね」と言った。

「いっぱい八つ当たりしちゃった。そっちの店長さんもだけど、君はまだ子どもなのに」

そう言われて、自分の年齢が歯がゆくなる。

「取り乱しちゃったけど、考えてみれば全部、自業自得なのよね。だって卒業したら家に帰るってのは最初からの予定で。なのに勝手に孝明に恋なんかして。そんなだから駄目だったの。就職のことがなくても、もう終わってたの私たち」

最後に、咲良さんが緋沙子さんに目をやって、

「孝明、やっと自分に似合う、サボテン好きの彼女、見つけたのね」

と、つぶやく顔を、那由多は見ていられなかった。

孝明さんの部屋があるという街の最寄り駅に着く。

阪急王子公園駅は神戸三宮駅から私鉄の阪急電車で二駅行ったところ。すぐ前に駅名の由来となった王子動物園があり、反対側には地元の人や学生たちでにぎわう商店街もあって活気がある。孝明さんはこの街のアパートに、大学時代から部屋を借りているらしい。

実家が神戸の孝明さんは、大学へも実家から通えたのだが、中学生になった妹に個室を譲るために入学を機にここへ引っ越したのだとか。

孝明さんの部屋は神戸の山手によくある、急な坂に沿って建つアパートの二階、ロフト付きのワンルームだった。神戸は観光名所も多いが、学校も多い。学生の街でもあるのだ。

なので学生や単身者向けの部屋が結構ある。これもその一つだろう。

扉を開けると窓が開いたままなのか、爽やかな風が通った。カーテンも開いていて、靴脱ぎ場にまで明るい日差しが届いている。神戸の街は南向きの山沿いに広がっているので、山の上だと採光の良い建物が多いのだ。急な坂にさえ眼を瞑れば住みやすい環境だ。

電灯をつける必要のない玄関口で靴を脱いでいると、壁際に何かかさばる物が置いてあるのに気がついた。何だろうと見ると、畳んだ段ボールだった。

「孝明さん、引っ越し、するんですか？」

「え？」

「段ボールがいっぱいあるから」

「まさか。私と違って孝明の勤務地は神戸だもの。このままここから通勤予定よ。何か通販で買ったんじゃない。新しい生活が始まるし」

それにしては段ボールの数が多い気がするけど。

首を傾げたが、那由多の思考時間はすぐに緋沙子さんの歓声にやぶられる。

「わあ、すごいです。個人宅でここまで！」

きらきらと目を輝かせた緋沙子さんが、無言の業はどこにという勢いで、狭い部屋を踊りまわっている。部屋には住む人の色が出ると言うが、確かにすごい。

キッチン兼用の細長い廊下を進んだ先のワンルーム。

六畳ほどのそこには手作りらしき木棚が何列も組まれ、プラスチックのポットに植わったサボテンたちがびっしりと並んでいる。

たぶん、寝るのはロフトで、食事は廊下でとっているのだろう。その部屋にはテレビすらなかった。ひたすらサボテンだ。そして泥棒除けのつっかい棒をしたうえで、ベランダの窓が少し開けてある。緋沙子さんが、採光が、風通しが、と騒いでいるところを見ると、サボテンのためだろう。徹底している。いたるところにサボテンを愛する孝明さんの色が出ていた。賃貸の一室なのに個性があり過ぎる。なんだか北野の緋沙子さんの店を思い出した。

その中に一つだけ、テラリウムがあった。

緋沙子さんの店で覚えたばかりのテラリウム。他とは鉢からして違う異質な寄せ植えなのでサボテンだらけの中で目立っていた。

近寄って見てみる。

植えてあるのはサボテンだ。だがテラリウムと呼んでいいのか謎な植え方だ。

先ず、器がかなり変わった形をしている。透明な硝子製ではあるが、玩具のグランドピアノみたいな形で二層になっていて、鍵盤部分が引き出し状になっているのだ。残念ながら引き出し部分だけ色がついたプラスチック素材で、中に何が入っているかはわからない。

「へえ、こんなのもあるんだ」

底に水はけ穴を必要としないテラリウムだからこそ使える収納型容器だ。

白と淡いピンクのカラフルな色砂を敷いて、サボテンが二個、少し離して植えてある。傍らには小さな山小屋めいた家のミニチュアと、青と白に色分けした小さな円錐、それに何故かプラスチックのウナギの玩具が置かれている。

……いくら自分の好きなようにつくるのがテラリウムでも、もう少しお洒落心があってもいいように思う。脈絡がない。

だがそんなセンスの孝明さんの部屋でも、緋沙子さんにとっては楽園のようだ。

「風通しがよく、湿度も温度も良い感じ。見事に鉄則を守っておられます。並んでいる子たちもきちんと手入れがされていて。凄い、綴化(せっか)の金手毬(きんてまり)にコピアポア・ラウイ、こちらはプナ・ボンニアエですね。まだお若いのに素晴らしいコレクションです！」

緋沙子さんは夢見心地でまだふらふらとサボテン棚の間を彷徨(さまよ)っている。咲良さんも怒るよりもあきれている。仕方がないので、那由多は緋沙子さんに代わって咲良さんに聞いてみた。

「あの、緋沙子さんの名前が書かれていたメモってどれですか」

「え？　あ、ああ、あそこ。あの壁に貼ってあるカレンダー」

言われてサボテン棚脇の壁を見ると、目立つ月捲りのカレンダーがあった。

さすがというか、やはりサボテン写真柄だ。

淡い綺麗な花を咲かせたサボテン写真の下に、日付欄がある。その上のほうに、確かに、「仙寿園、緋沙子」という書き込みと電話番号があった。

「それ見て電話したの。そしたら北野の店のほうにいるって言われて」

動かぬ証拠でしょ、と咲良さんはドヤ顔をしてみせて、すぐにうなだれる。躁の時期を過ぎて鬱状態になっているらしい。那由多はサボテン部屋に夢中になっている緋沙子さんにあわてて呼びかけた。

「緋沙子さん、当初の目的、忘れてませんか。誤解を解くために来たんでしょう」

「そうでした」

こほんと咳払いをして緋沙子さんが現実に戻ってくる。

「でも、私わかりましたよ。この部屋を見て、今回の騒動はすべて誤解だと確信しました」

どうやって？

「だって、サボテンを愛する人に悪人はいません！」

言い切ったよ、この人。

緋沙子さんは見事なドヤ顔だ。それはまあ確かにこんなもこもこした小さな物をこんなにたくさん、きちんと育てている人は那由多から見ても優しい人だろうなと思うが。

(この状況でそんな大滑りするギャグを言わなくても)

咲良さんの視線も白々としている。

「真面目にやってください」

「真面目だったのに」

心なしか、がっかりした顔をした緋沙子さんが、仕切り直しとばかりに、「わかりました。では、万人向けに優しく解説することにします」と言った。

「ですが敢えてもう一度言います。私、わかりましたよ。孝明さんが真実、求めている緋沙子さんが誰か」

少し芝居がかった口調で言うと、緋沙子さんが後ろを向いて何かを手に取った。そして振り返ると、「見てください」と、こちらに向かって突きつける。

「この方が、孝明さんが求めた、緋沙子さん、です」

「え?」

緋沙子さんが差し出したのは、サボテン棚で異彩を放っていた、例のテラリウムだった。

「え？　あの、緋沙子さん？　なんでそれが？」

ちょっと、と、咲良さんもくってかかる。

「ふざけないでよ。何がこれが緋沙子です、よ。言い逃れにしたって他にあるでしょ、わざわざここまで来たのに」

「言い逃れでも、ふざけているのでもありませんよ。私は何度も言いましたように、あなたの孝明さんとはお会いしたこともお話ししたこともありません。けれどこの栽培室を見れば理解できます。サボテン好きならわかるんです。通じ合えるんです」

堂々と人様の部屋を栽培室と言い切って、緋沙子さんが素晴らしく晴れ晴れとした声で告げる。しかも、通じ合える、なんて微妙な言葉を使ったせいで、せっかく落ち着いていたのに咲良さんが切れる寸前だ。空気を読んで欲しい。

「サボテンに限らず、何かに魅せられ、集め始めた人は、そのうち専門分野を極めたくなることが多いんです」

緋沙子さんが咲良さんにフォローも入れず、話し始める。

「場所もお金も有限。なのにサボテンの種類は新たに改良された園芸品種も加えると一万五千種以上あるうえ、原産国ではまだまだ新種が発見されています。希少種で手に入りにくいものや輸出入禁止になっている種もありますし、すべてを集めたくとも、とてもではないけど手が回らないんです」

だから愛好家の中には一つの方向を決めて、そのジャンル内を極める人がいるそうだ。那由多の理解できる範囲で言うと、鉄道研究部の連中みたいなものか。彼らもジオラマで模型を走らせるのが好きなタイプや、現地に行って延々と音を集めるのが好きな人、ひたすら時刻表を愛でる先輩もいた。専門を極めたくなる〈沼〉があるらしい。

緋沙子さんが改めて孝明さんのサボテン棚を指し示す。

「見た所、孝明さんは鉢に収まるサイズの小さな群生体を愛でるのがお好きなようで」

「群生？」

「ええ。株分けをしないで、親株の茎の脇から子株を無数に出させた状態を言うんです。ここにあるのは月世界に銀髭丸、小人の帽子、マミラリア属の白星や麗光殿とかですけど、すべて子吹きさせた状態のままでしょう？　まさに群れて生えている状態ですよね。これらの種は間延びしないように子株を増やすと、もこもこした小山のようになって可愛いんですよ。マミラリア属だと花も大きいですから、一斉に咲くと圧巻で」

言われてみるとどの鉢のサボテンも、もこもこと複数のふくらみをもっている。

「なのにこのテラリウムに植えられているものだけ単幹なんです。品種も明らかに他と違いますし。どう考えても特別な意味があるとしか思えないですよ。それに」

緋沙子さんがもったいぶって、こほん、と咳払いをする。

「このサボテンの名前、〈緋沙子〉、なんです」

「はい!?」

那由多と咲良さんは、ほぼ同時に目を丸くした。

「そのサボテンが緋沙子? 何よそれ、サボテンに名前つけてるってこと? 孝明が?」

「孝明さんがつけた名前じゃありません。まだ数が少なくて大っぴらのルートにはのってないので知る人は少ないですけど、このサボテンの品種名が緋沙子なんです。もちろん、学名とかじゃなく、種苗法にもとづき農林水産省に品種登録してある名前ですけど」

「じゃあ、緋沙子さんとはたまたま名前かぶりしたってことですか?」

「そういうわけでもなくて」

緋沙子さんは首を横に振る。

「知ってます? 日本は世界有数の園芸大国なんですよ」

と得意げに言って、さらに続ける。

「盆栽などわざわざ言うまでもなく世界的ブランドになっていますよね。日本人はもともと珍しい種を仕入れ、増やし、品種改良するのが得意なんです」

サボテンが日本にやってきたのは江戸時代のこと。珍しい物に目のない富裕層が飛びついて、熱心に収集したのだとか。観賞用に入ってきたトマトがもてはやされたり、朝顔の品種改良が流行ったりしたのもこの頃だ。

ちなみに、その頃の日本人が石鹼のことを〈サボン〉と呼んでいたのは、渡来した西洋人が手を洗うために持参したサボテンの葉を切り取り、その樹液を使っているのを見たからだ、という説もあるのだとか。

「残念ながら一九八〇年のワシントン条約で新規の種の輸入は難しくなりました。が、その分、日本では有志の育種家たちの手で次々と世界に例のない新しいサボテンの園芸品種が生み出されていったんです」

現在、アジアの商業目的の営業家たちの追い上げを受けているが、日本は世界に誇る育種大国で、緋沙子さんの祖父もその道では名の知れたサボテン育種家だそうだ。

と、いうことは。

「これは私の祖父が作ったサボテンです。ちょうど私が生まれた年に品種登録したので、孫に同じ名前をつけたそうです。私がこのサボテンのように強く逞しく美しく育つようにと願いを込めて」

ほら、このまろやかな短円筒形とか表面を覆う細い白髭のような側刺(そくさつ)や紅の中刺(ちゅうさつ)とか、マミラリア属の特徴を濃くとどめているのに端正で力強いでしょう？　と言われたが、他のマミラリアとの違いがよくわからない。

というか、孫と同じ名でサボテンを登録するのではなく、登録したサボテンと同じ名を孫につけたというところに畏怖を覚える。

「……だったら。なおさら孝明の言う〈緋沙子〉ってあなたのことじゃない」

咲良さんがくしゃっと顔をゆがめた。

「孝明はあなたを呼んでるのよ、何度も、何度も」

他とは違う器に二つだけ植えられたサボテン。孝明さんと同じ趣味をもつ緋沙子さん。咲良さんにはわからなかった孝明さんの「緋沙子を」というメッセージを一目で見抜いた人。そりゃ、劣等感をくすぐられる。

でも、緋沙子さんはまた、違います、と首を横に振る。

「何度も言いますが私はあなたの孝明さんに会ったことはありません。それに、このサボテンはただの鉢植えではありません。テラリウムになっています。テラリウムは鉢が他と違うだけのただの寄せ植えじゃないんですよ。その起源は十九世紀英国まで遡ります。もとはウォードの箱と言って、ナサニエル・バグショー・ウォードという医師が発明した硝子容器が起源なんです」

緋沙子さん曰く、ウォード医師は園芸家であり、蛾の繭を集める趣味もあったそうだ。

彼は密閉した硝子瓶に蛾の繭を保管していたのだが、ある日、そこに少量紛れ込んでいた土からシダが芽生えているのを見つけた。

「それが最初だったんです。その頃、ウォード医師が暮らしていた英国は産業革命の真っ最中で。ロンドンの街も煤煙に汚染されきっていました。外気に晒された植物など、すぐに枯れてまともに育たないくらいだったんです」

ところがそんなロンドンの空気の中でも、容器の中で芽生えたシダは元気だった。

「そのことに気づいたウォード医師は大工に専用の硝子容器を作らせて、中で緑を育ててみました。すると皆すくすく育って。それで彼は植えた植物の生育状態を観察したんです。そして論文に書いて発表しました。密閉された容器によって守られる植物の生長について」

その主旨は、陽の光を通す硝子の器の中では植物が光合成をおこない、少量の水と土さえあれば元気に繁殖するというものだった。そして密閉されている以上、外気の変化などには影響されない、と。狭い硝子容器は檻ではなく、植物にとっての楽園だったのだ。

それは当時、世界中に散って、生きた植物標本を英国に持ち帰ろうとしていたプラントハンターたちにとって、まさに福音だった。その容器は潮風や気候の変化をものともせず、中の植物を守り、長期間の運搬を可能にしたからだ。

「茶や蘭、珍しい東洋の植物や貴重な苗木たちが次々と英国に送られました。一般家庭にもこの容器は広がって、スモッグの濃い都会でも緑を愛でることができる器として人気を博しました。そして皆はいつの頃からか、この容器と中の植物のことを、テラリウム、と呼ぶようになったんです。水槽の中の世界を、アクアリウム、と呼ぶように」

つまり、テラリウムは植物たちの保護容器、揺りかごなんです、と緋沙子さんが言った。

「孝明さんもこのことを知っていたはずなんです。だからわざわざ普通の植木鉢ではなく、特別な容器を用意したのだと思います。想いを守り、運ぶため。……あなたに贈るために」

そう言って、緋沙子さんはスマホを取り出した。何かの画像を出して、こちらに見せる。

「その証拠にこの緋沙子、薔薇みたいな緋色の花が咲くんですよ」

この個体はまだ小さくて今年の花芽はついていませんがと断って、差し出されたスマホの画面には、まさに大輪の薔薇のような緋色の花があった。「あ」と咲良さんが声を漏らす。

少しの濁りもない鮮やかな緋色。

柔らかく外へと反り返った花弁は、生花らしい透明感をもちながらも硬質な光を放っている。八重に広がった様といい、見事な大輪の薔薇にも負けない美しさだ。

「……言っていましたよね。女の子は綺麗な花が好きと説教したと。あなたに薔薇みたいな花が好きと言われて、孝明さんも考えたのでしょう」

今度こそ、咲良さんに受け取ってもらえる〈花〉を贈ろうと。

「サボテンは一見、無骨な形で華がないと言う人もいますけど、こうして花も咲きます。寿命も長くて、きちんと世話さえすれば生涯、つきあえる相手なんです。長い時を共に過ごす相手。だから愛好家にはロマンチックな方が多いんですよ。そして一度知ると他にどんなサボテンがあるのだろうと、どんどんはまっていくんです」

見渡す限りの枯れた大地に存在感のある群生をつくるサボテン。岩の間に点在し、自身を石に擬態させているサボテン。形もその身を覆う棘も千差万別。しかも大きな香り高い花を咲かせる品種まである。

「まさに沼。ありとあらゆる品種がある世界なんです。だから孝明さんは自分の夢とあなたの望みが合致する品種もきっとある、見つけようと思ったんじゃないでしょうか。そしてそれが見つかるまでは空約束になるのが嫌で無駄な言葉は発しなかったのでは？　その証拠に、この下に敷かれたカラーサンド、よく見ると桜の花びらを描いてありますよ。きっと春の門出と咲良さん、あなたの名前を意識してるんだと思います」

女の子は綺麗なものが好き。ロマンチックでないと嫌。

単純に彼女の言葉通りに薔薇の花を贈ることもできる。だが彼は自分なりのこだわりを示したかった。世界でただ一人の彼女に、どこでも買えるありきたりの花ではなく、想いのこもった特別な物を渡したかった。

「そして仙寿園に来たのでしょうね。サボテンは百均やホームセンターでも売っていますけど、特別なこだわりがある時は生産農園に向かうのが一番ですから。サボテンに限るなら、阪神間ではうちが一番の品ぞろえと自負していますし」

カレンダーのメモは購入記録だったのだ。裏へと回されていた一、二月の分を見ると、他にもサボテンの名前とどこで買ったかが書かれたメモが見つかった。

「納得していただけましたか？　こちらの〈緋沙子〉が孝明さんの求めていた、緋沙子、だと。では、もう一つ植わったサボテンは何だと思います？」

まん丸い緋沙子とは違い、小さな緑の円柱の上に、ピンクの丸いサボテンが果実のようにくっついている、愛嬌のある形のサボテンだ。

「こちらは接ぎ木のサボテンです」

もしかして孝明さんって背の高い人ではありませんか？　と緋沙子さんが言った。

「たぶん、この接ぎ木のサボテンは孝明さん自身を模しているんだと思います。テラリウムに想いを反映させて」

言われて見ると、ひょろっとした棒のような緑のサボテンと上に乗った丸いピンクのサボテンは、体と頭のように感じる。

「サボテンの繁殖ってものによっては難しいんですよ。今、国内にあるサボテンは中国などからの輸入品以外はたいてい先達の手によって輸入された原種を増やした物です」

サボテンを増やすには葉や根の一部を挿し穂としたり、根のついた子株を親から切り離し移植する、種を採取し発芽させる、枝や芽、根、それに茎の脇から出てくる子吹き部分を台木となる別の個体に接ぎ木する、といった方法があるとか。

そしてこのサボテンは、棒サボテンの上に、ピンクの丸いサボテンを接ぎ木したもの。

奇抜な見た目だが、そこまで珍しくないものらしい。

では、もう一つのサボテン、緋沙子は？

サボテンは接ぎ木で増やすと同一の遺伝子が受け継がれるので形状も安定しているが、種からだと難しいそうだ。

「サボテンは一つの個体での自家受粉はしません。必ず他の個体が必要となります。変異が生まれやすいんです。特に新種を生み出そうとすると、安定させるまでに時間がかかります。そのようにして生み出されたのが〈緋沙子〉です。孝明さんはサボテンに詳しい方で、だからこそ緋沙子の貴重さをわかっていたのだと思います。……特別な贈り物にふさわしいサボテンだと」

そう言って、緋沙子さんがスマホを差し出した。

「店を出る前に祖父にメールで確認したんですけど、今、やっと返事がきました。祖父は仙寿園を訪ねてきた孝明さんのことを覚えていましたよ。個人が生産農家を一人で訪れるのは珍しいですから。孝明さんはこのサボテンの花の画像を見て、花言葉を聞いたら、購入を即決したそうです」

花言葉は、〈ただ一人の女神〉。

緋沙子さんの祖父が勝手に決めた花言葉だそうだが、咲良さんの顔がみるみる赤くなる。それは孝明さんにとっての咲良さんのイメージだと、彼女も理解したからだ。そしてこの〈緋沙子〉が咲良さんを模した物だと。

話を締めくくった緋沙子さんが、二つのサボテンの植わったテラリウムを差し出す。咲良さんがおそるおそる受け取る。咲良さんの眼に涙が浮かんだ。

「……新人研修が終わったら、私、静岡に帰るから、だから、これをつくったってことよね」

青と白の円錐は富士山、それにウナギのミニチュア。それは静岡を表していたのだ。なら、その麓にある小さな家は？　そしてサボテンに詳しい彼がわざわざ別の台木に接ぎ木をしたサボテンを自分に見立てたわけは？

「きっと、私が望んだらついてきてくれる、婿養子になってくれるってことだと思う」

咲良さんが言った。

だって玄関脇には引っ越しに使うような段ボールがあった。孝明さんは引っ越しの必要などないはずなのに。

咲良さんがふるえる手でテラリウムを陽光に掲げる。容器の、二重になった底部分にある引き出しに指をかける。そっと開くと、そこにあったのは銀色に輝く指輪が一つ。

婚約指輪だ。

恋愛に疎い那由多でもわかる。事故にさえ遭わなければ、この場所でこの引き出しを開けてみせたのは孝明さんだったはずだ。

そして彼は指輪を手に取り、咲良さんの指にはめたのだろう。

一緒に行くとの言葉と共に。

これは孝明さんの一世一代の告白で、プロポーズ。そして二人の未来を託したテラリウムは、愛いっぱいのリングケースでもあったのだ。

「うわごとで、今日中に、と言っていたのは、今日中にあなたに渡したかった、という意味だと思いますよ。こういうのはきっかけを失うと渡しづらいものらしいですから。カレンダーにも今日に丸が入れてありました。何か心当たりがありますか」

「……今日、私たちが初めて出会った日。覚えてくれてたんだ。もしかして、だからかな。三宮でお茶をしたら、後で部屋に来てくれって言ってたの」

これを手渡して、告白するために。

イベントや記念日に誘ってもくれない男は駄目。そう言った咲良さんの言葉を覚えていただけでなく、まだ彼氏彼女ではなかった頃の、二人の出会いの日まで覚えていて、こんな告白を実行しようとしてくれていた孝明さん。今まで何も言ってくれなかったからといって、これで信じられない女はいないだろう。

咲良さんが涙をこらえるように、指輪を握り締めた。そのまま部屋から走り出る。

どこへ行くのかは聞くまでもない。彼が運び込まれた病院だ。

もしかしたらもう彼の手術が始まっているかもしれない。まだ会えないかもしれない。

それでも彼女は向かったのだ。

彼が手術室から出てきたら、その枕元に身をかがめて、イエス、と囁くために——。

3

何となく、温かな気持ちになって、部屋を出る。

情熱的な咲良さんが部屋に鍵もかけずに走って行ってしまったので、緋沙子さんが代わりに鍵をかけ、「鍵は預かっています、園に電話をください」とメモを書いて扉に貼った。

緋沙子さんと駅に向かいつつ、先ほどの恋人たちに想いを馳せる。

「咲良さんたち、これからどうするんでしょう」

「そうね。入院中、研修期間が終わるまでは咲良さんがあの群生たちの世話をすることになるのかもだけど、その場合、素人だから。水をやるタイミングとか温度調節とか、相談にのるってさっきのメモに書いておけばよかったかもね」

相変わらず頭の中がサボテンばかりの緋沙子さんの意識を、「そうじゃなくて」と、今に戻す。

「本当に孝明さん、ついていけるのかなって。就職したばかりなんでしょう?」

「難しいわね。ついていくって言っても、それぞれ生活があるわけだし」

就職難の時代にようやく勝ち得た職だ。それに一緒に暮らすとなると、咲良さんの親は歓迎しても、孝明さんの親は何と言うだろう。

「それもあって、孝明さん、なかなか告白できなかったのかな」

きっとたくさん悩んだのだろう。彼氏彼女としてつきあおうという最初の告白も、孝明さんはしたくてもできなかったのではないだろうか。咲良さんのことだ。「卒業したら静岡に帰る」ことは隠していなかっただろうから。そんな数年だけのつきあいをしたくなくて。

孝明さんは会ったこともない人だ。が、一連の出来事に関わって、人となりが少しわかった気がする。ただ優柔不断なだけの人があんなにたくさんのサボテンを何年も何年も丹精込めて育てられるわけがない。芯はしっかりした人なのだと思う。

「ただ、相手を思いやりすぎて、思いを伝える方法が不器用だっただけなんでしょうね」

「そうね。でも決意したんだもの。後は大丈夫よ。前途多難かもだけど、困難な環境で、それでも姿を変えて生き抜いたのがサボテンだから。きっと咲良さんたちも現実を乗り越えてくれると思うよ」

実にサボテン愛好家らしい言葉で、緋沙子さんが話を締めくくる。

(でも、緋沙子さんの言う通りだった)

部屋に置かれたサボテンやテラリウムから見事に孝明さんのメッセージを受け取った緋

沙子さん。その彼女が言うなら、テラリウムが人の内面を描き出すというのは本当かもしれない。最初、あのテラリウムを見た時、那由多は植えられたサボテンが、どうしてあんな微妙な距離を開けて配置してあるのか疑問に思った。どうせならくっつけて植えたほうがわかりやすかったろうにと。

でも一連の緋沙子さんの解説を聞いて思った。あの距離は孝明さんの性格の表れではないかと。あれを作った時、彼はまだ彼女の返事を聞けていなかったから。

怖かった、のかもしれない。

大切だから、よけいに。

(凄い、凄い、創造物って本当に作った人の心が出るんだ)

何だろう。むくむくと那由多の胸の底からもどかしい何かがこみあげてくる。

今なら自分のテラリウムが作れそうな気がする。

那由多は店に戻ると、さっそく緋沙子さんに断って、作業机に向かった。扉の札を『OPEN』に変えても相変わらず客の来ない店内で、目の前に並べられた宝物のような素材を手に取る。今度は考えるまでもなく、手が動いた。

みるみる埋まっていく空っぽの硝子の器。

これをこう使うのはどうだろう。先ずは土台だ。せっかくの透明な容器なんだから、土はこれを使って……。那由多はいつしか夢中になってテラリウム作りに没頭していた。

ようやく完成、と言えるところまで行って、ほっと椅子の背にもたれた時だった。あの渋い紅茶が差し出された。緋沙子さんが紅茶ポットを手に立っている。

「あ。ありがとうございます、お仕事中なのに」

「いいのよ、もう営業時間も終わりだから」

「え？　あ、もうこんな時間、すみません、閉店作業、邪魔をして」

時計は午後の七時を指している。

あわてて那由多は立ち上がった。北野は観光客目当ての店が多く、食事やお酒を出さない店は閉店時刻も早いのだ。頭を下げて謝るが、緋沙子さんはいいのよ、と笑うばかりだ。

「好きなことしてたら時間を忘れるの、わかるから。私もサボテンの株分けしてるといつの間にか朝になってたりするし。テラリウムに夢中になってくれてうれしい。それに、良かった。完成したのね」

「はい」

少し照れながら、那由多は作業机に置かれたままの出来たばかりの世界を見た。

器は丸い、鳥の巣型を選んだ。

そこに絨毯めかして敷き詰めたのは淡い桜色のカラーサンド。縁にはふわふわ白っぽい色付けをした乾燥苔を柔らかな繭のように置いてみた。

透明な容器だから、側面に見える砂の模様には気を配った。花弁のような緋色がぐるりと側面を飾っている。植えたサボテンは二つ。孝明さんのところで見たのと同じものはなかったので、似た物を選んだ。群生、という言葉を聞いたので、子株ができやすい品種を緋沙子さんに尋ねて。今は二つだけのサボテンだけど、にぎやかになりますようにと願いを込めて。

「もしかして、イメージはあの二人の新居?」

言われて、はっとした。

繭の中で寄り添うサボテン。温かな、恋人たちの巣ともいえるテラリウムがそこにあった。

「え、あれ?」

どうしてこんなテラリウムを作ったんだろう。自分の内面世界のイメージが湧いて出たと思ったのに。

(ちょっと待てよ! せっかく形にしたくてわくわくしたのに!)

これはどう見てもさっきの二人の世界だ。

焦りながら、「もう一つ、作っていいですか」と新しい鉢を引き寄せる。

今度こそ自分の世界を作ろう。個性を出そう。そう思うのにまた手が動かない。頭の中のイメージは真っ白だ。

これはどういうことだ？

愕然としていると、緋沙子さんが言った。

「ねえ、一緒に帰らない？」

「え」

「もう閉店時間だし、夜だし。女の一人歩きは物騒だから、駅まで送ってくれないかな」

テラリウムはまた明日来て作ればいいよ、と緋沙子さんは机のカップを片付けながら言った。

緋沙子さんと二人で北野の坂道を下っていく。

夜の神戸は昼とはまた違った顔を見せる。温かなオレンジ色のレトロな街灯、扉を閉めた店のショーケースの明かり。しっとり濡れたように黒光りする路面。

ゴッホの〈夜のカフェテラス〉を思い出す。あの絵は明かりのついたカフェ以外の街並みは闇に沈んで寂しい感じがしたけれど、ここは違う。どの店にもまだ明かりが灯っていて、優しく包み込んでくれる。光の灯った街はどこまでも精巧で綺麗だった。再現したい思いがこみ上げる。だがそれが自分の世界ではないこともわかっていた。

歩きながら、考える。初めて知った。親のレールのことなんて悩むまでもない。敷かれたレールを外れれば、自分の中は空っぽだ。テラリウム一つ作れない。建築家を目指すなら、個性と自分のイメージは必要な素質なのに。

「……咲良さんはさんざん言ってましたけど、僕には孝明さんのキャラというか、個性がうらやましいです」

あんなサボテンだらけの部屋を作って、親が反対するだろうに仕事を辞めて恋人を追いかけられる人。コンパでは引かれると咲良さんは言っていたけど、引かれるだけの個性があるということだ。比べて自分には何もない。

引かれるまでもない、影が薄く無難なその他大勢。それが自分。

今日、大人の仕事の世界に初めて足を踏み入れて。初日から思い知らされた。挫折した。泣き出してしまいそうで、唇を嚙みしめていると、緋沙子さんが言った。

「……あのさ、個性って何?」

「え?」

「最初に何でも好みが出るって言ったの私だけど。雑誌に出てくるのをそのまま写したみたいな部屋や服装の人っているよね。あれは個性じゃないの？　私はあれだって、こういうのが好き、っていう自己主張だと思うけど」

言われて面食らう。

「サボテンはね、成長速度が遅い子が多いの。もちろんすくすく速い速度で大きくなる子もいるけど。こーんな小さなものでもその大きさになるのに三十年、四十年とかかる子だっているのよ」

緋沙子さんが、手で、小さなゴルフボールくらいの大きさをつくってみせる。

「そんな子たちも種の時は見分けがつかない。なのに芽吹いて大きくなるといつの間にか曲がったりくねったり、皆、バラバラの格好になるの。生産農家からすれば形の整った同じ姿の子を出荷したいと思うのに思い通りになってくれない。皆、違うの」

それから、緋沙子さんはスマホを操作して、大きな傷が斜めについたサボテンの画像を見せてくれた。

「この子、持ち主からハーロックって名前つけられてるけど、もしかして那由多君が個性的って感じるのってこのレベル？」

と、聞いてくる。

それから、この画像を上げた人とは愛好家同士、メッセージのやり取りとかするんだけど、と前おきして、彼から聞いたという〈ハーロック〉とのなれそめを教えてくれた。

「この子、小さい時に傷がついちゃって。そのせいでお店で廃棄処分されたのを、当時、その店でバイトしてた彼が、もったいないって持ち帰ったんですって。で、何となく育て始めて、いつの間にかこの道にはまって。彼は今では退職後の第二の人生を育成家として捧げて、サボテン界では有名なレジェンドになってる。この子もこうして画像がネットにアップされて堂々とその存在を示してる」

はっとした。

「たまたまスコップが落ちてくる場所にいたこの子。その隣の子は無事だったんだから、運だよね。そこから持ち帰られたのもまた何万分の一かの運。そんな運の積み重ねがこの子の伝説だって言ったらそこまでだけど。一見、傷、と思えるものを大事に守り育てた人がいて、そこで初めて、ああ、これは個性だって言えるんじゃないかな」

「……僕のテラリウムもそうだってことですか」

今はまだ個性と言われるまでに分化していない、小さな種。自分の世界が作れないという、創作家としてあってはならない傷。心を見透かされているようで、思わず弱音が漏れていた。

「僕、最初、テラリウムを作る時、頭の中が真っ白になりました」

「那由多君？」

「だからあの時、咲良さんが来てくれて助かったっていうか。ミニチュアを作るのは楽しいし、一人前のつもりでいたけど。今まで作ってきたのはすでに誰かが創造したものの模倣で。僕、もしかしたらオリジナルって作れないのかもしれない。こんなので白石一族としてやっていけるのか怖くなって、けど建築関係以外に自分の進むべき道とか知らないし」

口に出して、やっとわかった気がする。自分が抱えるもやもやが何か。

このまま建築関係の職を目指すのは親の敷いたレールに乗っているようで嫌なのに、自分の手では自分のレールを創れない。そんな無力な自分に腹が立っていたのだ。そんな自分が子どもに思えて、思わず緋沙子さんと距離をとった時、彼女がふりかえった。

「この店、入っていかない？」

言われて立ち止まる。そこにあったのは淡いピンクの外壁の可愛らしい洋館だった。カファレル神戸北野本店だ。入ったことはないが、父が取引先にもらったとチョコレートの詰め合わせを持ち帰ったことがある。母が大喜びをしていた。つまり大変美味しいが、大変高価な店ということで。中学を卒業したばかりの身には出費が痛い。

「す、すみません、僕、今日はあまりお金持ってきてなくて」

「奢ってあげるよ？」

「え？」

「那由多君と話すの、楽しいもの。なかなかサボテンの話を一時間とかでも聞いてくれる子っていないのよね」

「いや、僕だって一時間は無理ですよ。他の人誘ってくださいよ」

「誘ったら来てくれそうな子は皆、仕事場が大阪方面だから。少なくともこの近辺に呼び出してすぐ来られる友達はいない。育ち盛りだとお腹すくでしょう。ここはどーんとお姉さんにまかせときなさい」

きらきらした眼の緋沙子さんに、「いや、腹減ったらファストフード店に行きますよ」とは言い出せず、那由多は店に引きずり込まれた。

「私、こういうお店って一人じゃ入れないのよね。落ち着かなくて」

メニューを開きながら、満足そうに緋沙子さんが言う。家族でもない女性と店に入るなんて気恥ずかしい。誰か知り合いに見られたらどう言い訳すればいいのかと那由多は身を縮める。

緋沙子さんは堂々としたものだ。平気でメニューを広げて、どれにしようかなと考え込んでいる。

「……迷うくらいならテイクアウトすればよかったんですよ。それなら複数買えるし、家族とシェアとかできるし」

「テイクアウトもするよ。おみやげに。一人で食べたらお母さんが狡いって言うし、私も一緒に食べたいし。けど店で食べるのは別腹。お店で食べると綺麗にデコレートしてもらえるから、全然違うの」

どれだけ喰うんだ、この人は。

出てきたデザートプレートは確かに見事だった。ショーケースで選んだケーキがメインだが、カットしたフルーツやアイス、飴細工などが飾られていて、ケースに並んでいる時は小さいと思っていたケーキが倍のボリュームになっている。

まるで寄せ植え。皿の上のテラリウムだ。

さっき作ったテラリウムが脳裏をよぎって、那由多は小さな呻きを漏らしていた。振り払うように、フォークでケーキを切り、口に含む。小さな欠片なのにチョコレートの濃厚な味がして、後から洋酒、ナッツ、ラズベリー、いろいろな味が追い付いてくる。複雑な味だ。そして深みがある。それ以上にここでしか食べられないと確信させるだけの味がして。そこへ付け合わせのフルーツを食べるとさらに世界が広がって。

実感した。どんなものでも個性は出せるのだと。

きっと緋沙子さんはこれを伝えたくて誘ってくれたのだ。泣きそうになった。

「……あのさ、私だって造園業の家に生まれたサボテン作家だよ？」

緋沙子さんが言った。

「造園業と兼業でサボテン農家を始めたのはうちのおじいちゃん。その前は造園一筋だったから、始めた当初はしんどかったと思う。栽培のノウハウもないし」

でもね、と緋沙子さんが言う。

「もともとうちの園、ううん、うちがある山本地区は、安土桃山時代に、豊臣秀吉に仕えた坂上頼泰って武士が園芸にも携わってて、台木に別の花木の枝を接いで大量生産を可能にする接ぎ木の技術を開発して、秀吉から『木接太夫』の称号を与えられたっていうのが起源なの」

「え、じゃあ、さっき見た接ぎ木のサボテンって」

「そう。その技術の応用。秀吉の時代にサボテン生産農家なんかなかった。だけどそんな昔から受け継がれた伝統の技が、今、サボテンたちを育てる土台になってる」

親の敷いたレールと伝統って似てるよね。と、緋沙子さんが言った。

「どっちも継承しろって言われたら重いけど。せっかく親の敷いたレールと自分のしたいことが一致するなんて奇跡みたいな偶然が起こったんだもの。それを自分が好きな新しい何かを生み出すための踏み台だって考えたら、受け入れてもいいって気持ちになれるし、新しい何かを作れそうな気がしない？」

そう、にっこり笑う緋沙子さんは、とても頼もしく大きく見えた。

「植木業界もね、時代の波があって。今じゃ昔ながらの和風庭園を造る人も少ないの。だから生き残るためにいろいろ工夫してる。親のレールに乗っかるっていっても、乗っかり続けるのだって難しいんだよ。親だって死んだ後まではレールを作ってくれないし、メンテナンスだってしないといけない」

それにレールだって最初から敷かれていたわけでもない。

「永遠に同じレールの上を走り続けることなんてできないし、いつかは嫌でも自分が道を拓く側に回る。レールのことで悩むのはその時でいいんじゃない？　今の那由多君が他人のためのテラリウムを作る以外は、何も頭に浮かばないっていうなら、今の那由多君のテラリウムは真っ白な世界ってことでいいんじゃないかな」

「え」

「だから。テラリウムは自由な世界だってこと。何を作ってもいい。白い砂一色を敷きつめただけでも、それはそれで一つの世界だよ。私たちはどこでだっていつだって世界を作れるんだから」

言うなり、緋沙子さんがフォークでケーキを両断した。飾られていた飴細工を動かし、散らされていたソースをフォークで掻きまわす。美しかったパティシエ製作のデザートプレートが、みるみる崩れていく。

「ひ、緋沙子さん？」

「創造の前の破壊。家を建てる時だってそうでしょ？　野山を崩して、整地して。場合によっては地盤から改良して新しい形を作る」

ほっそりとした指が白い砂糖をつまむ。皿の上ですっと動かしてまけば、何もない地表に砂糖の道ができた。いや、違う。動線だ。森の中を走る、散策用の通路だ。その一動作で那由多はデザート皿という四角の枠組みに眼を惹きつけられた。

こんもりと盛られた丸いサボテンたち。

ケーキや果物を使ってそこにはサボテンの森ができていた。可愛らしいお菓子でできたサボテンの森が。サボテンを愛する者たちが求めてやまない至高のスイーツ。食事をする時間すら惜しんでサボテンといたいと願う愛好家のための、お菓子でできたサボテン好きのための、サボテン好きによる、サボテンの世界が。

すごい。

今まではパティシエの世界だったものが、完全に緋沙子さんの世界になっている。

光あれ。

カトリックの友人から聞いた、聖書の一節が頭に浮かぶ。

彼女が破壊と創造の神に見えた。

破壊のフォークと創造の砂糖ポットを手に、サボテンの女神様がにっこりと笑った。

「わかる？　私だってゼロから創るわけじゃない。サボテンからイメージをもらって、サボテンのためにケーキを流用させてもらってる」

出会った人たちからイメージをかきたてられるなら、那由多君は、かえって根っからの建築家ってことかもしれないよ、と彼女は言った。

「住みたい人のことを考えて、その人たちのための世界を作れるってことでしょ？　那由多君は気に入らないみたいだけど、さっき店で作ったテラリウム、咲良さんたちに贈ったら喜ぶと思うよ？」

それはそれで一つの世界、個性ある作品だと思う、と言われて、那由多は眼の奥が熱くなった。

「それでも気に入らない、自分だけの世界が欲しいって言うなら、これから創っていけばいいの。だって真っ白な那由多君なら、どんな色にだってなれるんだから。そのまま真っ白な世界を保つことだって、いろいろな色を加えるのだって自由。つまり白は究極の自由な色だよ。未来は那由多君次第。別に世界がないわけじゃないよ」

「……京兄がどうして緋沙子さんのことかまうのか、わかった気がする」

普段はいくら頼りなくて、残念で、ため息をつきたくなる人でも、惑った時はこうしてまっすぐな道を示してくれるからじゃないだろうか。

「あの、緋沙子さん」

居住まいを正して呼び掛ける。

「ご依頼のミニチュアを作るバイト、できたらあのお店でさせてくれませんか。いえ、僕を店で雇ってもらえませんか？　バイト料、どれだけ少なくたっていいです！」

雇用主とバイト、その立場を意識して那由多は言った。

那由多の本当の雇用主は京で、依頼された仕事はミニチュア作りだ。

でも今は京を介するのではなく、直接、緋沙子さんに、あの店に雇われたいと思った。

京を介するのでは今までの身内の手伝いと変わらない。間に京をおいて、一人、安全で何の刺激もない、自分の部屋でミニチュアを製作する。それでは今までと変わらない。自分のテラリウムを創るのは無理だと思った。

さっきは店に飛び込んできた咲良さんに孝明さんの部屋に連れていかれて、世界を一つ創ることができた。真っ白だった自分が咲良さんたちを知って、テラリウムを作りたくなった。

人からイメージをかきたてられて自分の世界を創るのが、自分のやり方だとしたら。今の自分に足りないのは経験だ。新たな人との接点だ。

なら、もっとたくさんの人に会って、それらの人々が与えてくれるイメージで世界を創っていけば。そのうち自分の満足のいく世界だって創れるんじゃないだろうか。

だから那由多は必死で言葉を続ける。

「同じ模型を作るなら、実際に購入していくお客さんたちを見ながらのほうがいい物が作れると思うんです。何ならその場で注文を聞いて、お客さんがテラリウムにのせたい物を作ってもいいし」

あのワークショップ用のテーブル、空いてましたよね、と必死に畳みかける。

「もったいないです。あの端っこを僕の工房にさせてください。店の真ん中にあんな誰もいないスペースがあったらお客さんも入りづらいですよ。でも作業してる人がいれば何だろうって覗きたくなるのが人だし、変則型の実演販売だと考えれば。もちろんバイトとして雇われるんですからお店の仕事は何でもします。僕、力仕事だってできます、紅茶も淹れます。お菓子作りは得意です。バイトの日はお茶菓子、差し入れますから！」

言っていて、自分でも店で注文を受けて作るのはいい案じゃないかと思った。注文してから街をぐるっと散策している間にできあがる、自分だけのミニチュア。それを使って作る自分だけのテラリウム。完全オーダーメイド品。

いいじゃないか。とてもいい旅の思い出になると思う。

土産だけでなく、何かの記念に注文してくれる地元の人だっているかもしれない。だって直接、要望を話せるミニチュア作家が店にいるのだ。

「お願いです、店にいさせてください！」

一気に言って、緋沙子さんの返事を待つ。

やりたい。やっと走りたい自分なりのレールが見えた気がした。テラリウムやサボテンのことだってもっと知りたい。

返事を待つ那由多に、もちろん、と緋沙子さんが言ってくれた。

「というか、私のほうこそお願い。一緒にあの店を盛り上げてくれる？」

緋沙子さんがにっこり笑って、両腕を広げる。そしてとても彼女らしい、少し見当違いな歓迎の言葉を贈ってくれた。

「ようこそ、奥の深いサボテンの世界へ。那由多君」

次の日、那由多はホームセンターや百均、それにロフトをめぐってテラリウムの材料をそろえた。昨夜、心配げな声で「どうだった？」と、京兄が電話してきたので、京兄を介するのではなく、直接、緋沙子さんに雇ってもらえることになったことを話すと、

「よくやった！　さすがは俺の那由多だ！」

と、大げさに喜んで、

「初回だけは俺の依頼で店に行ったんだから、俺が出張費としてバイト料を払うよ」

と、最初に話していた模型もできていないのに報酬をはずむ約束をしてくれた。なので、安心してお値段高めの素材も買える。

植えるのはサボテンなので、容器は陽ざしにあてやすいよう、浅い硝子の皿を選んだ。土台には水はけがいいように少し大きめの大理石の欠片、ビーチグラスと大きさを変え

て敷いていき、最後には輝く真っ白い星粒のような砂を砂丘のように高低差をつけて敷き詰めた。

そして、横から見ると丸いフォルムのアストロフィツム。

これは上から見ると五角形をしていて星のように見える。緋沙子さんが最初に見せてくれたテラリウムたちの一つに植わっていた、月世界の向こうから昇る地球をイメージしたサボテンだ。和訳すると〈星の植物〉となる鸞鳳玉(らんぽうぎょく)たちを植えていく。

天の川のような白い砂、そこに点在するヒトデか五芒星のような形の鸞鳳玉たちはまさに星の海に浮かぶ惑星のようで。

那由多はわくわくしながらその麓に黒い蒸気機関車の模型を置く。

できた。

宮沢賢治の〈銀河鉄道の夜〉だ。

今は夏ではなく春で。イメージも物語の借り物だけど。それでもこれが作りたかった。

できあがったテラリウムをそっと持ち上げて、小さなバオバブの鉢の隣に置く。

このバオバブも今日の購入品。初バイト就任の自分へのご褒美に買った盆栽だ。バオバブの木陰に休むテラリウム。部屋の片隅にできた宇宙。たぶん、咲良さんの話が頭にあったからだろう。こんな取り合わせになった。

知らない人から見れば何の変哲もない寄せ植えだろう。だが那由多にとっては心が惑った時に探す原点、砂漠の中のオアシスだ。

自分を見失いそうになった時、初めて自分が自発的に作ったテラリウムの基となった咲良さんたち二人のことを思い出して、軌道を修正できるように。

今はまだこんなイメージしか創れない。保護された小さな容器の中の世界だ。だけど、いつかは。自分だけの世界を、緑豊かに茂らせることができると思う。

桜のつぼみもほころびかけた、三月の終わり。

那由多はサボテンだらけの部屋で、運命の出会いを果たしたのだ——。

第二話　ウバタマの夢

1

その電話がかかってきたのは、那由多がサボテン専門店、仙寿園でバイトを始めて少し過ぎた頃、四月の半ばだった。

季節は春真っ盛り、花の季節。

暖かく緩んだ大気に街路樹のハナミズキの蕾が色づき始め、新入生に新社会人と、皆が新しい生活を始める年度替わりの月でもあり、那由多も無事、高校生活をスタートさせた。

毎日のように通っていたこの店も、さすがに休み中のようにはいかない。那由多の学校は土曜も授業があるので、バイトは日曜のみにしてもらって、店番を務めていた時のことだった。

開店したての十時半。緋沙子さんも留守でお客もなく、一人、机を磨いていると、隣のアンティーク・オルゴール店の主、松枝さんがいつものように時間つぶしにやってきた。

「ナユ君ー、飴ちゃん食べる？」

「松枝さん、お店はいいんですか？」

「いいの、いいの、御用の方は隣のサボテン店においでくださいって、張り紙しといたから」

松枝さんが、纏ったレースのショールとぽっちゃりした体をゆらして笑う。ふわふわパーマに派手目のアクセサリー。有閑マダム風の濃い色柄のカットソーにベロア地のロングスカートがトレードマークの松枝さんは、その目力もあって、薄暗い店内のカウンターに座っていると、ゴージャスを通り越して怪しげな占い師に見える。鋭いトークとともに観光客に人気で、名物店長として雑誌に載ったこともあるそうだ。

が、こうしていると化粧が派手なだけで普通の関西のおばちゃんだ。

（でも、店を空けてまでふらふら来るのって問題ないのかな）

北野に集う観光客は先ず異人館を見学して、それから付近の散策へと移ることが多い。なので午前中の今は人もまばらな凪の時間だ。その分、団体様がお越しになる時間帯は土産物を扱う店も嵐になるが、今はアットホームというか、のんびりしている。

「で、どれにする？　今日のお薦めはパイン飴」

「じゃあ、それください」

飴をありがたくいただいて、松枝さんのよもやま話につきあう。スタッフが那由多と緋沙子さんしかいないこの店は、何かにつけ、隣の店のベテラン店長、松枝さんに助けてもらうことが多い。感謝してもしたりない、素晴らしき隣人なのだ。

松枝さんの、お客様との心温まるエピソード十選と、困ったお客様あるあるにうなずいていると、店の電話が鳴った。

「あ、電話！　ほら、仕事しないと。さぼってたら駄目よ。取った取った」

松枝さんにせきたてられて、何だか納得のいかないまま電話に出る。

「はい、サボテン専門店、仙寿園です」

通話の邪魔をしないようにと、大仰に忍び足で店に戻っていく松枝さんに手を振りつつ応答すると、小学生くらいだろうか、ませた女の子の声で尋ねられた。

『ペヨーテってありますか』

ペヨーテ？

サボテン専門店に電話してくるのだから、サボテンの名前だろう。だが聞いたことがない。

那由多もこの店に勤め始めて、それなりにサボテンについて勉強している。が、小学生の身で那由多も知らない品種をついてくるとは、なかなか渋い趣味だ。

「少々お待ちください、お調べします」

相手が子どもだろうとお客様はお客様。きちんと敬語で答えて、電話を保留にする。緋沙子さんがいれば即答だろうが、あいにく留守だ。自力で調べるしかない。

スリープ状態にしていた店のパソコンを開いて在庫リストを見る。神戸北野にあるこの店はいわばアンテナショップで、一般的な品種の、しかも小さな鉢のサボテンしかおいていない。あるとすれば生産拠点でもある、山本の本園のほうだろう。

在庫はすべて記憶している緋沙子さんが、那由多のためだけに作ってくれたサボテンリストは、学名、和名、発芽日、接ぎ下ろし日などなど、すべての項目で並べ替えができるようになっている。

「ペヨーテ、っと。さすがに和名じゃないよな。学名か、海外での通称かな。一応、全部の項で見たほうがいいか……」

それぞれの欄をクリックして、アイウエオ順に並べ直す。

例外もあるが、たいていのサボテンは学名、属名、和名、海外での名、園芸品種名など、複数の名前を持っている。例えば、しわしわの縮緬織のような表皮が趣あるサボテン、〈花籠〉の場合、学名がアズテキウム・リッテリィで、和名が花籠だ。そこからさらに細かく、商標名や、登録された園芸品種名などがくっついてくることがある。

園芸品種名というのは、品種改良などで新たに特徴のある種が生まれた際に、種苗法により、農林水産省に登録する名だ。緋沙子さんのお爺さんが、自分が創り出したサボテンを〈緋沙子〉と名付けたのはこれにあたる。商標名は、品種登録とは別に商標登録する場合の名で、園芸品種の名と同じ名前をつけてはいけない決まりがある。

そして和名というのは、昔、海外から新しいサボテンの種が日本に入って来た時に、輸入した業者や、売りに出した営業家などが付けた名だ。

販権を得た海外翻訳本の日本語タイトルみたいなものと思えばいい。当時の流行に従って、売れやすいようにと派手な漢字名をつけたのが始まりだ。

その後、皆が好き勝手に和名を付けていったので収拾がつかなくなり、それを憂えた有志が大正期に名鑑を編纂、名前の統一化指針を示した。以後はそれに倣い、柱型サボテンには○○柱、○○竜、丸い球の形をしたサボテンには、○○玉、○○丸とつける、などと表記が整えられるようになった。おかげで慣れた人なら和名を聞けば知らない品でもだいたいどんなサボテンかわかるそうだ。

ちなみに和名の場合、特徴ある品を売りに出す時に、元の名前の前に特徴名を加えて表記するのが一般的だ。例えば属名アストロフィツム属の和名、鸞鳳玉の場合、表面に白点など他の色が混じらない状態を碧瑠璃（へきるり）と称し、その個体を碧瑠璃鸞鳳玉と呼ぶ。

笑ってしまうのは、そこから三稜、四稜、肋骨状のでこぼこなど、他の特徴まで加えていくところだ。三角碧瑠璃鸞鳳玉に、肋骨碧瑠璃鸞鳳玉、さらには変わり種の錦種（にしきしゅ）には色までつけて、紅葉肋骨碧瑠璃鸞鳳玉と、どんどん名前が長くなって、漢字の書き取りテストか、早口言葉かという状態になる。

緋沙子さんから聞いたサボテン雑学だ。

リストをざっと調べて、那由多は待たせていた相手に返事をする。

「えっと、学名がロフォフォラ・ウィリアムシー、和名が烏羽玉（うばたま）のペヨーテでよろしいですか？　ここではなく、宝塚市の本園のほうに一鉢ありますね」

「一つだけ？」

「はい。複数ご入用ですか？」

「まあね。専門店のわりにがっかり」

「申し訳ありません。時間をいただければ、追加仕入れが可能か責任者に聞いてみますが」

「いい。今あるので。で、それって何グラム？」

グラム？　那由多は首を傾げた。

この店で働きだしてから、緋沙子さんに教わるだけでなく、ネットや本も見てサボテンについて学んだ。だがサボテンの重さ表示は見たことがない。何しろサボテンは土に植わっている。引っこ抜かないと重さは量れない。

よりによって緋沙子さんの留守中にこんな質問に遭遇するとは。冷や汗をかきつつ説明する。

「すみません。今、手元にないので量れなくて。購入した場合の送料を気にされているのでしょうか。なら大丈夫です。当園では形状が特殊な物以外の送料はパック料金内で……」

「そんなこと、聞いてないんだけど」

冷たくあしらわれた。じゃあ、大きさは、とさらに聞かれたが、それにも答えられない。急きょつくられたこのリストには写真の添付もなければ、サイズも書かれていない。鉢の号数なら書かれているが、それだけでは那由多にはサボテンの大きさを想像できない。

何も答えられない那由多に、小さなお客様があきれたように言った。

「誰か他にわかる人いないの」

「すみません、今、僕だけで……」

使えない店員、と、吐き捨てるように言うと、電話は切れた。

(ちょっと待て。これが子どものセリフか?)

そりゃ、使えない店員だけど、と通話の切れた電話を茫然と見る。

乱暴に台に戻したくなったが、相手はお客様だ。我慢する。店の評判や売り上げ的にも

このまま逃すのは痛いし、わかる者が戻ればご連絡しますからと伝えるべきだろう。

連絡先は聞かなかったが、電話の通話履歴から折り返してみようと、履歴を見る。が、

「嘘だろ⁉」

このスマホ全盛期に、公衆電話からの通話だった。これでは折り返せない。

「いや、これって、かえって気になるんだけど」

まだ小学生ではキッズ携帯さえ持っていない可能性はある。が、使ったのが家の固定電話ではなく、今では数も減らしてなかなかお目にかかることのない公衆電話とは。用意周到ないたずら電話だったのだろうか。それにしては質問内容が詳細にわたっていた。

どう判断すべきか頭を抱えていると、カラン、とドアベルが鳴った。

「ただいま。お留守番ご苦労様、那由多君……」

緋沙子さんだ。

今日は那由多を留守番に、先月知り合ったサボテン愛好家、孝明さん宅へ留守中のサボテンの世話をしに出掛けていたのだ。

いつも明るく、サボテンの様子を語りながら帰ってくる緋沙子さんが、今日は妙に沈んだ声をしている。疑問に思って顔を上げると、彼女は閉めた扉に背をよせて、ぼろぼろと涙をこぼしていた。思わず目が惹きつけられる。

（泣いてる美人って、綺麗だな……）

つい見惚れて、我に返る。

那由多はあわててティッシュの箱を手にすると、緋沙子さんに駆け寄った。

「緋沙子さん、どうしたんですか。外で何かあったんですか」

「那由多君……」

彼女がそっと顔を上げて、至近距離でうるうると潤んだ瞳で見つめてくる。そんな緋沙子さんはやっぱり綺麗で。ごくりと息をのんだ時、彼女が言った。

「コンタクト、外していい？」

「……はい？」

「春一番の季節はもう過ぎたって油断してたの。急な突風で何か入ったなって思ってたんだけど、もう無理」

言うなり、緋沙子さんがカウンターの奥にある洗面所に走り込む。水音とバッグをガサゴソと探る音がしばらく続いて、タオルと黒縁眼鏡を手に、緋沙子さんが戻ってきた。

「ふー、すっきりしたー」

作業机までふらふら歩いていくと、倒れ込むように椅子に座る。傍らに放り投げられたタオルは真っ白なままだ。ファンデーションどころか、口紅すらついていない。

(……やっぱり、すっぴんだったのか)

緋沙子さんのつやつや輝く頬を見て、もしやとは思っていたが。

化粧をする、しない、は個人の自由と思うが、ファッションの街、神戸で接客業をしている女性がこれでいいのかと、さっきまでいた松枝さんと比較してしまう。

あそこまで気合を入れる必要はないが、おっさんである父でさえ、最近はしょんぼり肩を落としながら、「歳かな。顧客に肌が荒れてますねって言われたよ」と、母の化粧水を内緒で使って身だしなみを整えているのに。

「うちの兄ったら毎朝、身なりチェックをしてくるの。年頃の女子に失礼じゃない？」

と、口をとがらせる緋沙子さんを知るだけに、複雑だ。

那由多の内心になど気づかないまま、緋沙子さんがきつすぎた山葵(わさび)の刺激をこらえるように目をつむり、宙を仰いでいる。事情を知れば情けない姿なのに、窓から差す光の中、佇む彼女はやはり綺麗で、受難の修道女のように見えるところが美人は得だなと思う。

「……合わないのよね、コンタクト。ソフトレンズなのに」

「なら、無理してつけなくても」

「温室で作業してると、眼鏡だと曇りやすいから。汗もつくし」

「ああ、眼鏡あるあるですね」

「それに眼鏡だと条件反射で家にいる時みたいにくつろいじゃうのか、素が出やすくて。店にいる間はお客様に失礼があったら困るし」

「僕の前ではコンタクト装着時でもいつも素ですよね」

「だって那由多君はお客様じゃなくて、同志じゃない」

椅子に座ったまま、ウェルカム、とばかりに両腕を広げられたが、その胸に飛び込んでいく女子のノリはあいにく那由多にはない。

(……性別と年齢、わかってんのかな)

緋沙子さんからすればサボテン好きは家族という認識だろうが、童顔と低身長を気にする那由多としてはひっかかる。

使用済みのタオルを片付けつつ、顔をしかめて不快だと表したが、緋沙子さんは、「那由多君、お茶——」と作業机に突っ伏してコロコロしている。しかたがないのでお茶を淹れつつ聞いてみる。

「コンタクトを無理してつけてる理由はわかりましたけど。髪はどうなんですか？　けっこう長めに伸ばしてますけど、それは邪魔ではないんですか」

「これはね、ショートやボブにしてると、襟足に髪がかかって温室で暑いからだよ」

「あー、やっぱりそれが理由ですか」

「伸ばすと乾かす時とか大変なんだけどね。作業中の快適さには代えられない。一つに束ねて頭の上で留める、ちょんまげスタイルがベストだね」

「結局、サボテンに行きつくんですね、緋沙子さんのすべては」

予想通り過ぎて、何だか哀しい。本当に残念な美人さんだ。

でもおかげでほっとする。もし緋沙子さんが隙一つない完璧な美人なら、カースト底辺近くのおとなしめ男子、那由多など、緊張のあまり話すこともできなかっただろう。

それに緋沙子さんの裏事情を聞いて、円滑なお店経営のために少しだけ安心した。

緋沙子さんは決して女子力や世間一般でいう常識が皆無なわけではない。お洒落心もあるし、顧客に失礼を働いてはならないという意識もある。ただ、サボテンが他より気になりすぎて、すべての優先順位が人とは違うだけなのだ。

……と、好意的に解釈しておこう。

「でも紅茶の淹れ方くらいはマスターしたほうがいいと思いますよ。僕のいない平日にワークショップにお客様が来たらどうするんですか」

「その時は開き直ってペットボトルのお茶を出すことにしたから。問題なし」

「そこは開き直らないでほしかったです」

突っ込みつつ、緋沙子さんに紅茶の入ったカップをさし出す。

彼女の好きなアールグレイのストレート。ふわりと心を覚醒させる香りが店内に漂う。カップを両手で持った緋沙子さんが一口含み、ほう、と息を吐いた。

「ふう、美味しい。那由多君が来てくれて何が嬉しいって、いつでも美味しい紅茶が飲めることがいいよねえ。雇ってよかった」

「いや、お茶淹れ以外のところも評価してくださいよ」

納得のいくテラリウムや異人館模型はまだつくれていないが、サボテンを並べ替えたり表にコルクボードの看板を出したりと、ここに来てから店のディスプレイはすべて那由多が手がけている。そのせいか前より客足は伸びたのだ。そっちも褒めてもらいたい。

なのに緋沙子さんは、

「元町(もとまち)においしい紅茶専門店があるの。今度、一緒に行こうね」

と、にこにこしながら、女の子を誘うようなことを口にしてくる。

男子としては怒るべきなのに、緋沙子さんの顔がきらきらと輝いてとても嬉しそうで、お茶淹れ君でも自分の居場所がこの店にできるなら、それでもいいかと思ってしまう。

(順調に、馴らされてるよなあ)

会ったことのない緋沙子さんのお兄さんが、毎朝、邪険にされながらも妹にかまってしまう気持ちが、わかった気がした。

休憩が終われば仕事の話だ。

お茶を飲み終え、一息ついた緋沙子さんにさっきの電話のことを報告する。

「ペヨーテ、って言ったの、その子？　和名とか学名で言わずに、わざわざ現地での名前を？」

いつものほほんとした緋沙子さんにしては珍しく、複雑な顔をする。

「何か問題でも？」

「うーん、ペヨーテってのはね、学名がロフォフォラ・ウィリアムシー、和名が烏羽玉、または翠冠玉(すいかんぎょく)っていうサボテンなんだけど。ちょっと成分がね」

「成分？　食用サボテンなんですか？」

「うん、食用といえば食用かな。乾燥させて食べるんだけど、アルカロイド成分が含まれてて」

「え、アルカロイドって……」

「いわゆる幻覚成分。大麻とかと同じ、麻薬だね。ペヨーテに含まれてるのは正確に言うとメスカリンだけど」

さらっと言われて驚いた。

「そんなのもってるサボテンがあるんですか⁉」

「あるんだよ、それが。正しく摂食すると幻覚が見えたり、周囲と一体化したスピリチュアルな体験ができたりするらしいよ」

緋沙子さん曰く、烏羽玉をペヨーテと呼んでいるのは、原産地であるメキシコやアメリカ南西部の人々。

現地でのペヨーテは先住民たちがアルコール依存症などの治療や、伝統的な宗教儀式で使用する由緒正しいサボテンで、地上に出た部分はほぼ球体。よくサボテンらしいと言われるツンツンした棘はなく、刺座からふわふわした毛髪状の細棘だけをはやした、無防備な姿をしているらしい。

「外皮も柔らかくてね、触ると解凍したパプリカかキュウリみたいなぶにょぶにょした不思議な触感がやみつきになってね。そんな気持ちいい子なのに、現地では地上に出てる球体部分を薄くスライスして乾燥させちゃうの。で、神聖なる植物として齧ったり煎じて飲んだりするらしいんだけど。そんな風に収穫すると株が弱って、塊茎(かいけい)から新しい地上部が再生しない場合があって。だからいくら治療や儀式のためでも摂食はお薦めしない。サボテンと人が育んだ文化を否定する気はないけど」

いや、お薦めしない以前に、そんな物、食べちゃ駄目だろう。そう言いたくなったが、自生地であるアメリカでは二十世紀の今でもアメリカ先住民教会の会員たちが「誠実な宗教的儀式」の一部として、正餐の儀式でペヨーテを食べているそうだ。連邦法でも特別に儀式で使うペヨーテの収穫、売買、所持及び消費を認めているとか。

ただ、栽培は認めていないので、自生地を探して収穫するしかなく、許可を受けていないペヨーテ・ディーラーと呼ばれる白人たちが売買目的で乱獲して、年々、野生のペヨーテは数を減らしているらしい。

「自生地の頭の痛い問題なのよね。他のサボテンでもそういうことがあって」

緋沙子さんが麻薬問題はそっちのけで眉を顰(ひそ)める。新しい種や人気の種などを探して、自生地を荒らす営利目的の人たちが世間にはいるそうだ。

「サボテンたちが自由に大地でくつろいでいるのを眺めて満足できる人ばかりじゃないか

ら。愛好家の中にも、法に反しても珍しい種や新種を欲しがる困った人もいて。そうなると当然、営利目的の違法なプラントハンターも出てくるし、自生地のサボテンは危機状態にあるの。愛好家としては歯がゆい限りよ」

緋沙子さんは本気で悔しがっているが、聞き捨てならない言葉がある。

「あの、珍しい種とか新種って、じゃあ、自生地に行けば、他にもペヨーテみたいに麻薬成分を含むサボテンがあるってことですか？」

「あー、それはあるかもね。今のところ発見されてる幻覚作用成分があるサボテンは、ペヨーテだけってだけで」

サボテンの世界って奥が深いからと緋沙子さんは言うが、怖い。

(何でもありだな、サボテン……)

前に食用のサボテンがあると聞いて驚いたが、まだ上があった。

「ペヨーテがどんなサボテンかはわかりましたけど、そんな危険物、店で売ってもいいんですか？」

「うーん、日本では売買の禁止はされてないから。自生地のとは違って、日本で栽培されたものは有効成分が薄かったり全然なかったりするらしいし」

「じゃあ、合法なんですね」

「合法は合法かもだけど。その言い方、嫌よね。そう思わない？」

「嫌、ですか？」

「うん。なんだかこう、神聖なペヨーテが、合法ハーブとか言われる物と同じにされそうで」

脱法ハーブって言い方とか、ニュースで聞いたことがあるでしょ？　と言われた。

「いわゆるドラッグ。植物由来の麻薬をハーブと呼んで売買してるけど。あれって法で禁じられていない品種ってだけで、法に適った品ってわけじゃないでしょ？　どちらかというと、禁じられる前に売ってしまえっていう、法の抜け道をかいくぐったいたちごっこみたいな品で。だからその言葉、私、好きじゃないの。ましてやサボテンには使ってほしくない」

そもそもペヨーテだって、大麻だって、植物自体に罪はないのに、と緋沙子さんが憤慨する。

「ペヨーテがそういう成分を進化の過程で手に入れたのは、天敵である動物たちに食べられないように身を守るため。棘の代用だったわけでしょ？　それに現地では食べられているっていっても宗教儀式や医療の現場で使われる、いわば神の植物で。それを娯楽目的で悪用する人間が悪いのに、植物自体に負のイメージがついて、栽培禁止とか、焼却処分とか、人に振り回されてるのが許せないの。今じゃペヨーテの自生地には商取引目的の闇のカルテルまであるそうよ。ペヨーテは成長が遅くて、なかなか手に入らないから」

儀式用に高値で売りつけたりしているそうだ。

日本では売買を禁じられていないし、そんな闇組織はない。それでも今、流通しているペヨーテは、ワシントン条約により輸入禁止になる前に入ってきたものを愛好家や営業家たちが増やしたもので。なかなか大きくならない品種なこともあり、どうしても値段は一般的なものと比べると高めになる。そこらの百均などには置いていないそうだ。

「うちも在庫が一鉢しかなかったでしょ？　子株を生むための親株は非売品として一つ確保してるけど、なかなか増やせないのよね」

それでも日本では一鉢、数千円くらいで売っているらしい。

が、それを聞くとよけいに気になる。どうして年端もいかない小学生の女の子がわざわざそんなサボテンを求めたのか。しかも、

「……あの子、グラム、なんて言ってたから、普通の観賞目的じゃない気がします」

まさかとは思うが、摂食目的では。

「日本のペヨーテには幻覚作用がないことを知らなくて、必要な量を気にしたんじゃないでしょうか。小学生っていったら、好奇心から、こっくりさんとか、怖い物にも手を出し

てみたがる、危うい年頃ですよね。なんかどんどん不安になってきたんですけど」

「うーん、ペヨーテは苦くて大人でも吐き出しちゃう人がいるらしいから、小学生じゃ実行しても吐いて終わりな気もするけど。そもそも扱いが難しくて、山ほど食べても高揚感を得られない人もいるそうだし。現地でも決められた場所で認可を受けた呪い師の付き添いのもとでしか摂食はしないそうよ」

それでも、わざわざ和名の烏羽玉ではなく、食用にしている現地での名、ペヨーテを口にして、探している子だ。放ってはおけない。

「純粋にサボテンを愛し、観賞、育成目的で求めているのなら望むところ。でも万が一、誤った知識からこの世界に入ろうとしているなら問題よ」

緋沙子さんがきりりとした顔で言った。

「貴重なペヨーテを切り刻むのは大罪だし、誤食でもしてそれが原因で、その子がサボテンに悪いイメージを抱いてしまったら、貴重な未来のサボテン愛好家を一人失うことになる。それは絶対に阻止しないと」

メインはやはりそこか。

だんだんデフォルトになってきた脳内一人突っ込みを空しく行いながら、那由多は自分がどう動けばいいか、緋沙子さんに指示を求めた。

「もしまた電話があったら私に代わってちょうだい」

「え、それだけでいいんですか？　こっちから探したりしなくても？」

「探すって、どうやって？」

真顔で返されて、う、と詰まる。

「見つかるなら見つけたいけど。履歴を見ても公衆電話からの通話で、かけ直せないって言ったの、那由多君だったよね」

「その通りです……」

会話を録音していたわけでもなく、名前など手がかりになるようなものを聞いたわけでもない。跡はたどれない。

「大丈夫。本気でその子がペヨーテを購入したければ、またここに電話してくるから」

落ち込んだ那由多に、緋沙子さんが、まかせとけ、と男前に胸を張る。

「ペヨーテはそこまで珍しい品種じゃないけど、そこら辺のホームセンターでは手に入れにくいくらいには珍しいサボテンよ。その子の家がどこかはわからないけど、わざわざ公衆電話を使ったってことは親には内緒っぽいでしょ。となると店への車での送迎は期待できない。となると関西圏で小学生が自力で行き来できるサボテン生産農家は多くないもの」

それにその子、まだ自分の自由になるネット環境を持ってないんじゃないかな、と緋沙子さんが言った。

「家にパソコンがあっても、親にブロックとかされてネット通販も無理だから、NTTに電話帳登録したうちに電話してくるなんて手段を取ったんだろうから。なら、当然、愛好家同士の株の交換会や競売会の情報も集めにくいし、参加するのも難しい。となれば、駅から徒歩圏のうちの店にまた電話してくる可能性は高いはずよ」

そしてその言葉は当たった。

それから一週間後、また電話があったのだ。一株でもいい、やっぱりペヨーテが欲しい、と。

あの小学生の女の子の声で、仙寿園に。そして彼女は連絡先こそ教えてくれなかったが、商品取り置きに必要な、本人の名前だけは教えてくれた。

「雫（しずく）」と。

苗字は無しで、下の名前だけを、彼女はぶっきらぼうに答えてくれた。

2

次の週のこと。午後四時の少し前、那由多が目当ての駅に到着すると、階段脇の柱の前には、すでに目的の人物が待っていた。

人待ち顔の彼女に、那由多はいそいで駆け寄った。

「待ちましたか、緋沙子さん」

「ううん、私も今、来たところ」

まるでデートの待ち合わせのような会話を交わして、緋沙子さんが笑う。ほっこりした笑みはやっぱり綺麗で、同じく近くで待ち合わせをしていたサラリーマン風の男性が見惚れている。通りすがりの大学生たちまでもが、わざわざこちらを振り返って、向けられた羨望の眼差しに那由多は胸がくすぐったくなる。京兄並の大人の男になった気分だ。

(だよなあ、今日の緋沙子さん、一段と綺麗だし)

めったにない優越感に那由多がドヤ顔になっていると、彼らの声が風に乗って流れてきた。

「へえ、美人姉妹か」

「二人並んでると映えるな。妹のほう、ちょっとボーイッシュだけど」

……そっちか。

那由多はがくりと肩を落とした。

たぶん、那由多が女子に間違えられたのは、母が持たせてくれた手土産、夙川の洋菓子店ミッシェルバッハの袋がいかにも女子の好きそうなスイーツ系だからというのもあるだろう。が、せめて弟にして欲しかった。最近、童顔を通り越して女顔っぽいんじゃや、と、鏡の前に立つたびに気にしているのに。

彼らの声は緋沙子さんにも聞こえたのだろう。那由多とは反対に、喜びで眼をきらきらと輝かせている。

「聞こえた、那由多君！　姉妹だって、姉妹。当然、私がお姉さんよね、お姉さん。私、兄しかいないからいい響き。いつも頼りないって、一人っ子か末っ子にしか見てもらえなかったもの。私も店長として独り立ちしたから、しっかりして見えるようになったのね」

いや、少しは突っ込んでよ、緋沙子さん。ノー突っ込みは別の意味で哀しい。

「それに私が高校生の那由多君のお姉さんなんて。ふふ、私、それだけ若く見えたってことよね。ふ、うふふふふ……」

「緋沙子さん、怖いです」

年齢、気にしてたんだ。というか緋沙子さんって何歳だ。京兄の後輩だから、もし浪人をしていたとしても二十七歳前後のはずだけど。

いつも明るい緋沙子さんの暗黒面を垣間見た気がした。

いつもと違う風景は、いつもの人のいつもとは違う顔を見せてくれる。

「じゃあ、いこっか」

今津線に乗るべく、構内の階段を降りる。

今日は宝塚市にある仙寿園の本園にお邪魔するのだ。例の小学生の女の子、雫ちゃんが、自分の目で大きさを確かめて購入を決めるため、学校が終わった後、本園まで直接来ると言ったからだ。やはり彼女の行動範囲内では他にペヨーテを扱う店がなかったらしい。

わざわざこんな午後の時間に電車に乗ってくると言うので大丈夫かと聞いたら、平日のこの時間でないと遠出はできないという返事だった。それに途中の駅に用があって、そのついでだから大丈夫と、頼もしい答えが返ってきた。

「一人で電車に乗って遠出できるなんて、近ごろの小学生はしっかりしてるわねえ」

「用って、塾とかでしょうか。中学受験とかだと電車で通塾してたりしますし」

ちょうどホームから見える駅の外に、予備校や塾の看板を掲げたビルがあった。今もこれから塾なのだろう、那由多でも知っている有名塾のリュックを背負った小学生たちが急ぎ足でホームを横切っていく。

「大変、だなあ……」

自分も通った道なので、那由多は「頑張れよ」と彼らにエールを送った。

雫ちゃんとの待ち合わせは四時半。場所は園の最寄り駅、阪急山本駅の改札前だ。そこから園に行ってペヨーテを購入するとなると帰りが遅くなるので、彼女に嫌がられようと緋沙子さんが車で送っていく手はずになっている。

「緋沙子さん、車の免許持ってるんですね」

「造園業者が免許無しじゃ、やってけないよ」

ドヤあ、と緋沙子さんが胸を張る。バッグを開いて運転免許証まで見せようとするのはさすがに止めたが、軽トラックどころか小型トラックまで乗り回していると聞いて緋沙子さんを見直した。職人だ。

「トラックやバンは前輪の上に運転席があるから、ちょっとハンドルさばきにコツがいるけど、慣れたら普通車とそんなに変わらないよ」

ちなみに今日は北野の店は定休日。

平日なので那由多も朝の通学時に私服と手土産を駅のコインロッカーに叩きこんで、放課後、トイレで着替えてここへ来た。さすがに学校にばれるとやばい。

それでも雫ちゃんが気になってしかたがなかったのだ。最初に電話をとったのは自分だという責任もある。それで緋沙子さんに無理を言って、この駅で合流することになったのだ。

「那由多君、今日だけだからね。もうこんなことしちゃだめだよ」

「はい。緋沙子さんも定休日なのに、お疲れ様です」

ちなみに緋沙子さんは定休日とはいえ、店と孝明さん宅のサボテンの世話があるので、神戸まで出向いた帰り路だ。

「休みの日に店や孝明さんの部屋に行くのは別にいいんだけどね。誰もいないお店で心ゆくまでサボテンたちに囲まれてるのは楽しいから」

逆に平日の営業日に孝明さんの部屋に通うのがきついそうだ。

「開店前までに店に戻らなくちゃとなるとゆっくりできないのよね。預かったからには朝夕、見に行きたいんだけど」

「意外です。ペットシッターっていうか、サボテンシッターとか、サボテン布教も兼ねて新しいビジネスモデルにならないかな、とか言い出すかと思ってました」

「私もそうしたいんだけど。遠い家だと往復だけで時間とるから人的資源上、無理」

何しろ平日は店員が緋沙子さんしかいない。那由多がバイトに入ったとはいえ、日曜だけだ。それ以外の日は緋沙子さんが開店から閉店まで一人で切り盛りしている。そのうえ本園に帰ればそちらで栽培しているサボテンたちの世話もある。かなりのハードワークだ。

「かといって他に人を雇えるだけの利益も出てないし」

「お昼ごはんとかどうしてるんですか？」

「人がいない時に、カウンターの裏でこっそりおにぎりとか食べてる」

「……お客が少ないからこそできる技ですね」

「匂いが気になるんだけどね。まあ、そっちはどうとでもなるにしても、やっぱり問題は訪問サービスよ。旅行とか出張とか、その間なんとかならないかって需要はあると思うんだけど、そのために半日店をしめるのは痛くて。いっそ本園で預かっちゃえば管理もまとめてできるけど、それもねえ。輸送中に何かあったら怖いし。成長がゆっくりなサボテンだと、三十年とか四十年物の鉢とかざらにあるから。万が一、何かあったら取り返しがつかないの」

「盆栽みたいですね。やっぱり値段とかお高いんですか？」

「値段もあるけど。それだけじゃないんだよね。愛好家にとってサボテンはかけがえのないペット、ううん、家族も同然だから」

なかなか手に入らない希少種や、ここまで世話をしてきた愛着や。

留守中の鉢を業者に預けようとまで考える人なら、それなりの思い入れがある。管理責任の問題を考えるとおいそれとは引き受けられないらしい。

そういえば、前に見せてもらった入院中の孝明さんが書いたお世話の依頼書もすごかった。わざわざ図解された各鉢ごとの注意事項の細かさが、那由多から見ると驚きの量で、すべての鉢の状態と位置を覚えているのかと、愛好家の本気を見た気がした。

「私、サボテン作家を名乗ってるし、自画自賛だけど栽培のプロだって胸張ってるけど、やっぱりずっとその子を見守り続けてきたオーナーさん以上のお世話はできないしね。安請け合いもしたくないし」

そんなことを話しながら、臙脂色の電車に揺られて、民家のすぐわきや池の傍、神社のある山を縫う線路を行く。終点の宝塚までは十五分とかからない。のんびりした路線の先にあるのは、こんこんと湧き出る温泉を主体とした観光地だ。

「那由多君は宝塚の温泉とか行ったことあるの？」

「いえ、ないです。実は宝塚市自体にちゃんと行ったこともなくて」

宝塚市は那由多の住む西宮市のすぐ隣だが、近すぎてわざわざ遊びに行く感覚がない。買い物なら神戸か大阪に出るし、縁がなかった。

「私が小さい頃は遊園地もあったらしいの。小さすぎて覚えてないけど、象とかアザラシとか動物がいっぱいいて、園内にちっちゃい川が流れててコイが泳いでて、アヒルがそこら辺を歩いてたらしいのよね。大きな温室もあったそうよ」

電車はその中を高架で横断していたそうだ。急流すべりのコースターと並走する部分もあったとかで、「電車自体が遊園地に取り込まれてたみたいですね」と言うと、「そうかも」と言われた。東京の田園調布と同じで、阪急電車の線路をここまで延ばした小林一三という人が、行楽地と線路、街が一体化した構想を持って作った場所らしい。と、話していると途中の駅で、すらりとしたモデルのような足の長い人が乗ってきた。深くキャップをかぶって顔を隠しているが、明るい金茶に染められた短い髪に、透けるような綺麗な肌と、立っているだけで一般人とは違うオーラが出ている。

タカラジエンヌだ。

終点の宝塚駅には全国的に有名な宝塚歌劇場がある。

女性だけの演劇舞台、当然、劇中の男性も男役の女性が演じるわけで。彼女たちはファンの夢を壊さないためにも、舞台外の日常でも娘役はスカート、男役はズボンと、役柄に応じた服装をしている。

その細いジーンズのラインに、那由多はどうして自分が女性に間違えられたか分かった気がした。この街には宝塚音楽学校を目指す少女たちもやってくる。少年のような少女という存在は、ここでは非日常ではなく、ごく普通の日常なのだ。

ゆっくりと電車が動き出して、那由多をまた一歩、阪神間の奥座敷、小林一三の創った行楽地へと運んでいく。

今津線の終着駅、宝塚駅で梅田(うめだ)行きの車両に乗り換えて、今度は東へ。隣では緋沙子さんが、あそこは動物霊園、あれは手塚治虫(てづかおさむ)記念館、あっちは中山寺(なかやまでら)と地元解説をしてくれる。


なんだかわくわくしてきた。


辿りついた山本の街は、東西に延びる山の麓にあった。

改札を出ると、すらりと背の高いかっこいい女性が立っている。

「やだ、お母さん!?」

緋沙子さんが軽く驚きの声をあげる。駅まで迎えに来てくれていたのは、緋沙子さんのお母さん。五十代半ばくらいの、来る時に見たタカラジェンヌに似た雰囲気がある、短く整えた髪に明るいカラーを入れた、細身のジーンズが似合うお洒落な人だ。

緋沙子さんの美人さんはお母さん譲りらしい。普段は園の事務所で事務仕事を一手に引き受けているのだとか。

「どうしてここに？」

「だって今日はわざわざ園まで小学生のお客様が来るって聞いたから。なのに緋沙子ったらこんなぎりぎりの時刻まで北野の店にいたりするでしょ？　もし雫ちゃんって子が早めに来たら大変だから、ここで待ってたのよ」

「あ……」

「そういうところがまだまだね。でもちゃんと会えたのね、良かった。あなたが雫ちゃん？」

顔をのぞき込まれて、那由多は憮然として言った。

「……すみません。僕、高校生です」

「やあねえ、冗談よぉ。京君の従弟さんでしょ？　似てるわあ」

けらけらと笑われて、ますます那由多は渋い顔になる。そんなところも京君と違ってまだ子どもねえ、とウケてしまうところがつらい。

京兄は緋沙子さんのご家族とも面識があるそうだ。建築と外構、家と庭とは切っても切れない関係で、特に大型施設や店舗などはイメージ画を描く時点で外構、つまり付随の庭部分をも描きこむ。その関係で、京兄は大学時代から緋沙子さんの伝手を頼って仙寿園に見学に訪れていたのだとか。

「京君ったら今どき珍しいくらい勉強熱心な子で、働き者で、そのうえイケメンでしょ？　おばさんのお気に入りなの。また来てねって言っておいて。好物の葱入りだし巻き卵作っとくからって」

京兄は一家の食卓にもお邪魔して、すでに準家族扱いらしい。「うちの子たちはどうしてあんな風に爽やかに育たないで、こんな変人になっちゃったのかしら」とため息をつくお母さんは本当に容赦がない。緋沙子さんもたじたじだ。

「緋沙子、その顔、何？　言いたいことあるの？」

「あるに決まってるでしょ。那由多君の前でそんなこと言わないでよ、恥ずかしい」

「だったらさっさと那由多君連れて園に戻ってなさい。早めにこっちに帰れたんなら、いろいろ準備しといたほうがいいでしょ。雫ちゃんの出迎えは私がするから」

言われて、後は任せて園に向かうことにする。

歩き始めると、すぐに追加で呼び掛けられた。

「あ、もし時間があったら、ケーキ、買って冷蔵庫に入れてるから那由多君と食べなさい。お茶は那由多君に淹れてもらうのよ？　緋沙子は手を出しちゃだめよ？」

……緋沙子さんのお茶のまずさは家族公認か。

そして那由多も京兄のついでなのか、坂上家の準家族扱い、初めて訪問するお宅なのに台所立ち入り許可を出されているらしかった。

お母さんはいつもこうだから、と緋沙子さんがぶつぶつ言いながらも「こっちよ」と、那由多を誘う。

「びっくりしたでしょ、うちの母。うちって事務所と母屋が行き来自由で仕事とプライベートの境界が薄いから。お客様の前でもあんな感じになるの。ごめんね」

千寿園の事務所には広い応接スペースがなく、仕事で訪れた人には母屋でお茶を出したりもするので、坂上家の一階部分、台所や応接室のあるあたりは、半ば公共の場になっているそうだ。それでか。前に聞いた緋沙子さんのオンオフ切り替え用コンタクトの話は。職人さんたちも緋沙子さんの家でご飯を食べたりするらしい。家族で仕事をしている家なんだなという感じがする。

「うち、すぐそこだから。車とかいらないよ」

緋沙子さんの後について、三差路の奥へと入っていく。

本当に、街全体が植木のテーマパークみたいなところだ。いたるところにオリーブや錦木（にしきぎ）、槙（まき）が植えられた畑や石材が転がる庭があって、どこまでが庭でどこからが展示ブースかわからない。その整然としながらも混沌とした不思議な雰囲気が、創作魂をくすぐる。

(ミニチュア作り、今まで建物限定だったけど、庭とか山とか風景にまで広げてみようかな)

学校の鉄道研究部の連中が喜ぶだろう。

これは最近目覚めたテラリウム作りの楽しさにも起因しているのかもしれない。次々開ける新しい風景から目が離せない。ガーデニングが好きな人にはたまらない街ではないだろうか。なだらかな山の稜線が、街を包む緑の遠景になっていて、さらに雰囲気がいい。

家の塀の半ばから幹を伸ばした木が緑の枝を茂らせて陰を作り、道も近頃には珍しく区画整備された真っすぐな碁盤目状のものではなく、緩やかなカーブを描く細い道だ。趣味良く岩の間に植えられた野草や、花いっぱいのプランターで飾られた地蔵堂もあって、日本の里山を歩いている気分になる。

それを言うと緋沙子さんが、

「それはそうよ、この辺りも二、三十年前までは田んぼと植木畑ばっかりだったんだから。今でこそあいあいパークもできたし新しい店や家もいっぱい建ったけど」

と、その時代を見てきたかのようなことを言う。

「はい。到着。ようこそ、仙寿園へ」

緋沙子さんの家は駅から徒歩五分ほどの、住宅街の中にあった。二棟の硝子の温室が前庭の奥に見える一軒家だ。お隣も造園業者らしく、事務所兼自宅といった建物があって、広い前庭がサンプル庭園のように整えられている。

〈仙寿園〉と書かれた看板を見ながら、事務所らしきプレハブの中を通って、母屋へとお邪魔する。

坂上家の台所は、ダイニングテーブルが置かれた横に中庭に面した窓のある、気持ちのいい部屋だった。掃き出し窓の一つは、そのままサンルーム兼応接室へとつながっているらしい。ゆったりした籐(とう)椅子が置かれていて、手作りっぽいパッチワークのカバーがかかった座布団が転がっているところが家庭的な感じがする。

「あの、ご家族は」

手土産の菓子袋を渡しつつ、聞いてみる。お母さんにはさっき挨拶したが他の家族、特にお兄さんはどこにいるのだろう。緋沙子さんの服装への突っ込みその他、話をよく聞くので会ってみたいと思っていたのに、皆、出払っているらしい。

「平日は皆、現場だから」

「言われてみれば。造園業でしたね」

平日に全員、事務所にそろっているほうが経営状態的にまずい。

がっかりしながら見回すと、母屋と事務所の境にある壁に、額に入った写真があった。何かの記念だろうか。関係者一同といった感じのガテン系集団が、庭を背景にこちらに手を振っている。庭木をがっつり撮る構図なので、人の顔は小さすぎて判別できないが、年配の職人さんたちが多い中、一人だけ若い人が混じっている気がする。

もしかして、と近づくと、緋沙子さんが隣にやってきた。

「那由多君、うちの兄が気になるの？　兄さん、造園がメインでサボテン愛好家じゃないよ」

いや、そういう意味で気になっていたわけじゃない。写真を示しつつ聞いてみる。

「じゃあ、この人が緋沙子さんのお兄さんですか？」

「うん。これじゃちょっとわからないけど、うちの兄はね、寡黙な職人タイプ。長身の筋肉質体型で顔は強面。彼女無し。昔、弓道やってた侍男子だから、派手なところはないけど優しいよ。無言で、すっ、と重い荷物とか持たれたら惚れるよ。那由多君、同級生に年上でもいいって子いない？　妹としては女っ気のない兄の将来が気になって」

「うち、男子校ですから」

いろいろ言いつつ、緋沙子さん一家は仲がいいようだ。お母さんもお兄さんも緋沙子さんも皆、一言多いけれど、互いを思いやっている。

緋沙子さんの祖父、サボテン愛好家の重久さんの逸話も聞きつつ、荷物を置いてお茶を淹れる。ありがたく冷蔵庫からお母さんが用意してくれていた春らしい桜のムースを出して食べつつ、緋沙子さんが昨夜考えたという、雫ちゃんにペヨーテの使用目的を確かめる方法を聞く。甘酸っぱいムースに飾られた桜の花の塩漬けがいいアクセントになって美味しい。緑茶の繊細な甘みと渋みによく合う。

「彼女に、サボテンにいっぱい触れてもらおうと思うの」

綺麗な桜色のムースをフォークで切り取り、緋沙子さんが言う。

すぐにペヨーテを引き渡してしまうのではなく、口実をつけて温室を案内して、世話の仕方を説明したり、流れによっては簡単な作業もこなしてもらうのだとか。緋沙子さんはそうすれば購入目的がわかるかもと言った。

「雫ちゃんが、ペヨーテを購入してすぐスライスして食べてしまうような子なら、植え方や管理の仕方は熱心に聞かないと思うのよね」

「確かにそうですね」

電話での様子では、雫ちゃんはフレンドリーなタイプではなさそうだった。興味もないのに緋沙子さんが詳しく説明しようものなら「そんなの、聞いてないから」とか言いそうだ。

「ではチェックポイントは」

「ずばり。サボテンへの愛よ」

それでいいのか。

だがそれしかない。

そしてその判断基準では那由多の出る幕はない。緋沙子さんに一任だ。那由多はおとなしくお茶淹れや皿洗いのサポート役に徹することにする。

そして、いよいよ。

緋沙子さんのお母さんにつれられて、雫ちゃんが仙寿園にやってきた。


雫ちゃんは小学三年生。まだ小さい、いかにも子どもな外見の女の子だった。

華奢な手足。きちんととかした長めのおかっぱ髪をピンでとめて、服装もコサージュのついた紺のワンピースにグレイのボレロ。

似合っているが普段の通学着には見えないフォーマルな感じだ。仕草も行儀がいいを通り越して大人びていて、電話でのイメージ通り、笑み一つ浮かべない冷めた顔をしている。

幼い、あどけなさの残る顔立ちに似合わない老成した感じだ。

そして、彼女はランドセルを背負っていた。

透明なセロファンとリボンで包装したガーベラも一輪、手に握り締めていて、お香のような香りまでする。

「まさかとは思うけど、家には帰らずに、学校からここまで来たのかな」

「親御さんはこのことを知ってるんでしょうか」

雫ちゃんが緋沙子さんのお母さんに促されてランドセルを降ろしている間に囁き合う。

さらに心配になってきた。雫ちゃんはきちんとした服装をしているから、もしかしたら何かの発表会とかお稽古事の帰りかもしれないが。緋沙子さん曰く、この沿線にはそういった使用目的のホールがけっこうあるそうだ。

(お香を使う発表会なんて想像もつかないけど)

お茶とか、日舞とか？

阪神間には芦屋をはじめとする高級住宅街が多くある。雫ちゃんがそういった街で暮らすお嬢様で、電車に乗ってお稽古事や発表会に顔を出した帰りなら、わざわざ平日の今日を指定してきたのも不思議ではない……のだろうか。

とりあえず、店員として挨拶だ。

「いらっしゃい、雫ちゃん」

「電車、迷わなかった？」

相手が小学生とはいえ、きちんと一人前のお客様として接するべし。それが接客の鉄則だと緋沙子さんに教わったが、やはり自分よりも背の低い、いかにも子どもといった相手を目にしてしまうと、ついつい膝を曲げての対応になってしまう。

そんな僕たちをひやりとした目で見て、雫ちゃんがさっそく用件を切り出した。

「ペヨーテはどこ？」

相変わらずのぶっきらぼうな口調だ。

「案内しますね」

打ち合わせ通り、緋沙子さんが先に立って、サボテンたちを置いている温室へと案内する。那由多も見るのは初めてだ。思わず驚きの声が出た。

「うわあ……」

ガラス張りの温室は、二棟を中で繋げた作りになっていた。広い。ゆうにバレーコートくらいあるだろう。そこにびっしりテーブルめいた棚が並び、鉢が置かれている。

北野の店と違ってディスプレイ用の飾り物はいっさいない。ひたすらサボテンだ。だが、単一な感じがしないのは、いろいろな形のサボテンがあるからか。にょきにょきと那由多の背よりも高く伸びて硝子屋根を突き破りそうになっているサボテンから、まん丸い姿のままドッジボールくらいの大きさにまで育っている物まで、さまざまな形と大きさのサボテンが並ぶ。

表面の色もそれぞれ違う。棘が少なく濃い緑の表皮を惜しげもなくさらけだした物や、ふわふわ白っぽい髭に包まれた物、赤やオレンジの棘で全体が赤っぽくなっている物や、これが同じサボテンかと驚くまだら模様の入った物などなど、様々なサボテンが所狭しと育っている。

前に北野の店にあるサボテンたちを見て、アニメ映画の『風の谷のナウシカ』に出てくる秘密の部屋にそっくりだと思ったが、こちらは腐海そのものだ。

そんな中に、問題のペヨーテの鉢はあった。

何の飾りもないプラスチックの鉢に植わっている。小さい。三センチ、いや、二センチほどか。親指の先ほどの丸い青い塊が、土の上にちょこんとのっかっている。

緋沙子さんに聞いた通り、棘がない。ぷよぷよ柔らかそうな見かけで、少し歪な豆大福か、練り切りみたいな形。緑色をしているところが野菜っぽい。じっくり見ればアロエのような苦いけど栄養豊かな健康食品にも見えてきて、これなら昔の人が「食べられるかも」と口に入れたのもわかる気がする。

雫ちゃんがしげしげと鉢を眺めて言った。

「……ちっちゃい。これ、いくら？」

「三千円になります」

うわ。この小ささで！

那由多は驚いた。北野の店にあるサボテンたちも、お客が手に取りやすいようにとこれくらいの可愛いサイズが多いが、単価はそれぞれ数百円だ。

「成長が遅い、少し珍しい品種になりますからね」

これでも安いほうなんですよと緋沙子さんが鉢を手に取る。

「もう少し大きかったり、綴化（せっか）……しわしわに縮れたタイプなど珍しい特徴を備えた個体になってくると価格は軽く万単位になりますから」

高っ。那由多の常識からするとインテリアプランツにかける金額ではない。簡単に殖やせて扱いやすい個体と、そうでないものの差が激しすぎる。

「海外ではあまり好まれませんけど、紅や黄の斑が入ったものなど、希少な特徴を持つ個体はさらに高値で取引されますね。サボテンは天然もの。どの株も世界に一つだけで、同じものは一つとしてない、奥が深い植物ですから」

さすがの雫ちゃんもその値段に驚いたようだが、わずかな逡巡の後、「買います」と言い切った。那由多としては、雫ちゃんがここで値段にしり込みして買わないでくれたら、と願っていたのだが、決意は固かったようだ。

すぐに財布を取り出そうとする雫ちゃんを制して、緋沙子さんが言う。

「その前に、育て方などの説明をしていいですか？　デリケートな植物ですので、せっかく購入したのにすぐに枯らしてしまうのではもったいないですから」

サボテンは丈夫で、ほったらかしでも大丈夫と誤解してる人が多いですけど、生き物ですから。毎日の観察やお世話は欠かせないんですよ、と、緋沙子さんが言って説明を始める。

そもそもサボテンの原産地は南北アメリカ大陸。

メキシコを中心とした北米、カリブ海を囲む中央アメリカ、それにアンデス山脈と広範囲にわたっているそうだ。西部劇にサボテンが登場するので、乾いた荒野に自生するイメージがあるが、アンデス山脈の山中にも分布しているのだとか。

「ペルー原産のサボテンなどは山脈の中腹に分布していて、栽培しやすいものが多いですね。意外と寒さにも強いんですよ。何しろアンデス山脈の気候は場所によってかなり違いますから。裾野のほうは夏は乾燥しても冬はみぞれが降ったりするんです。逆に標高の高い部分は夏に雨が降り、冬は乾燥します。サボテンはそんな所でも自生してるんです。逞しく強かな子たちだと思います」

この辺りの事情と、水を頻繁にやらなくていいことから、「枯れにくい」「放っておいても大丈夫」と思われやすいらしい。が、単に広範囲にいろいろな種類が散っているだけで、種類によって世話の仕方が違うということなのだとか。

「日光にあてたほうがいいですけど、きつい日差しにあてすぎると変色する子もいますし、西日本の雪が降らない地域であれば冬に野外においても生き残れる子もいますけど、逆に夏の湿気にやられてしまう繊細な子もいて。とにかく、種類によって扱い方が全然、違うのだということを覚えておいてください」

サボテンの原種たちが育った自生地の気候は、多岐にわたっている。チリやメキシコ、カリフォルニア湾に浮かぶ島々。それぞれ気候が違っていて、それぞれの土地にそれぞれに順応、進化したサボテンたちがいるそうだ。

「遠い日本に運ばれてもう何世代も経た子たちですけど、それでも譲れない線というものはあります。こちらのペヨーテの場合、自生地はアメリカ南西部からメキシコ中部、高温性で、ペヨーテという名は現地の言葉で青虫を意味するペヨトルが語源で……」

（緋沙子さんっ）

ペヨーテの世話の仕方を説明して、雫ちゃんの様子を見るのではなかったのか。何故に自生地の説明から語源の説明になっている。素人の雫ちゃんは完全に引いている。

那由多はあわてて間に入って、緋沙子さんのサボテン愛を中断させた。幸い、緋沙子さんははっと気づいて正気に戻ってくれた。

「失礼しました。では、ペヨーテの世話の仕方を……」

改めて、お世話の仕方を話し出す。もし鉢を好みのものに変えたい、サボテンが大きくなりすぎたなど、植え替えをする場合は、土は水はけがよく、かつ、保水性があるものがいいです、と緋沙子さんが説明する。扱いやすいのは赤玉土など。ホームセンターや園芸店に行けば、小さな袋入りのものが手に入るそうだ。

「問題は土の粒の大きさです。ある程度の大きさに育ったサボテンなら袋に入った土をそのまま使っても大丈夫ですけど、まだ根もしっかりしていない小さなサイズの子たちは、土の粒も小さなものでないとうまく根を張らないんです。この子くらいのサイズなら、一ミリか四、五ミリのふるいにかけたものを用意してください。一鉢だけのために道具をそろえにくい場合は、うちに電話してくだされば一鉢分の土の量り売りもしますので」

植え替える鉢もプラスチック製や素焼き、釉薬付のものとあって、それぞれ特徴が……と、緋沙子さんがまともな接客トークを続けて、最後に、

「ただし、何度も言いますが、この子たちはデリケートな生き物です。慣れ親しんだ場所を出て、新しい家に連れ帰られるわけですから、環境に慣れるまでは鉢替えはせず、この

まま、そっとしておいてあげてくださいね」

水遣りも数日は控えてください、と、慣れない猫の子でも買ってきた時のような注意事項で締めくくる。こんなふうに実物を前にして詳しい説明を受けるのは初めてで、那由多自身も、へえ、といつの間にかのめり込んで聞いていた。

（それでワークショップで植え替えたサボテンは、少し時間をおいて発送してたのか）

長時間の移動に耐えられるよう、ある程度、土や根が落ち着いてから宅配していたのだ。鉢植えをそのまま購入した人たちの物はすぐに発送していたのに。

（店においてあるのも、丈夫で扱いやすいサボテンばかり選んでるって言ってたしなあ）

それは買われていくサボテンたちのその後を考えてのことなのだろう。そのうえで、手渡しでお客様たちに譲っているのだ。大事なサボテンたちを。

緋沙子さんの愛を見た気がした。

「ペヨーテは高温性地に自生していますが寒暖差が激しい地でもあるので、寒さには強いほうです。わざわざ温室を設置することはありません。ただ、冬は室内に入れてあげてください。それと、お日様に良く当ててあげてください。この子は陽ざしが好きな子なので。水遣りは春や秋は十日に一度程度、夏は乾き具合を見てだいたい一週間に一度。冬は少し控えめに、土の表面やサボテンの表皮の様子を見ながら与えてください」

そして緋沙子さんは雫ちゃんを温室の片隅にある作業台へと誘った。

「ちょうど植え替えしたい別のサボテンがあるんです。よかったら植え替えの体験をしてみませんか。すぐにではなくても今日購入したペヨーテの鉢が割れたり、トラブルがあったりした場合、こちらにもってきてもらってもいいですけど、自力で必要な土などを買って、植え替えができるようにしておくに越したことはないですから」

「……サボテンを買いにきただけの客に、いちいちそこまでするの？」

「当然です。この子は私たちが大切に育ててきた、家族ですから」

「家族を売っちゃうの」

「人間、生活するにはお金がかかりますからね。売りたくなくても売らないといけない時もあります。これが私たちの仕事ですから」

鋭い雫ちゃんの問いをはぐらかさず、真っ向から緋沙子さんが受け止める。

「ここには他にもたくさん、サボテンたちがいるでしょう？　この子たちを育て、増やしていくためにも、お金は必要ですから」

「このサボテンを他のサボテンのために犠牲にするってこと」

「いいえ。より大切にしてくださる家に里子に出す、嫁がせる、そう考えています。もっと多くの人にサボテンを愛してもらうために、縁あった家へ送り出すのだと」

緋沙子さんの言葉を聞いて、那由多は北野の店にある非売品のサボテンたちのことを思い出した。非売品と書かれてはいるけれど、どうしても欲しいという人が現れたら、むげに断らずに緋沙子さんに取り次いでくれ、と言われた時のことだ。

高価な品だから、希少な品だから。あれらのサボテンはそんな理由で非売品にしているのではなかった。

扱いが難しいから、サイズが大きいので受け入れ態勢がきちんと整った家庭でないと栽培は無理だから。面と向かって話して、覚悟のある人に譲りたい。そんな理由であのサボテンたちは非売品の札をつけられていた。購入されたサボテンたちのその後だけでなく、購入した人のことまで、緋沙子さんは考えていた。

サボテンの寿命は長い。

一年草などの鉢植えとは違って、何年も共に過ごす存在になるから。

だから軽い気持ちで購入してほしくない。相手は生きているのだと理解して、大事にしてくれる人の手に渡したい。

その姿勢に、緋沙子さんのサボテンへの愛だけでなく購入者への想いと、大事なサボテンを手放す緋沙子さん自身の覚悟までもが表れている気がした。

緋沙子さんの真摯な心を感じ取ったのだろう。雫ちゃんが小さな声で言う。

「……この子って呼んでる。ずっと。サボテンなのに」

「愛好家は皆そうだと思いますよ。一緒に暮らしていると愛が深くなりますから。そしてお世話の仕方を伝えるんです。あなたにも」

こそ私はこの子たちを心から大切にしてくれる人に譲りたい。だから

そう言って、植え替え予定だという鉢を手に取った緋沙子さんは、赤ん坊を抱く母か助産師さんのようで。おそるおそる雫ちゃんが受け取る。

植え替え作業は、植え替え先の鉢に、底の穴から土が落ちないように網を敷いて、小粒の赤玉土と鹿沼土(かぬまつち)、それにパーライトを混ぜたものを五分目くらい入れることから始まった。

底に肥料を少し入れてもいいらしい。大粒の土を下から順に入れていく場合は底の網も必要ないそうだ。この辺りはテラリウムを創る時と少し違う。あちらは鉢底の穴がない。

それから、元の鉢からサボテンを抜く。

株や根を傷つけないように、そっと手でサボテン本体と土を受け止めつつ、鉢を傾ける。

サボテンの根っこは細いわしゃわしゃした形をしていた。鉢から出した後は、三分の一ほど、根についた土を落とし、植え替えするのに長すぎる根や枯れた根などを取り除く。

そうすると新しい細かな根が生えやすくなって、定着しやすいそうだ。最後に処置の終わ

ったサボテンを新たな鉢に入れて、根の周囲に土を入れていく……。

作業を進めるうちにさすがの雫ちゃんも楽しくなってきたらしい。ちょっと表情が和らいでいたので、期待を込めて、「もしかして家族にプレゼントするのに買ってくれたの？」と聞いてみた。雫ちゃんは少し考えてから、「自分用」と答えた。家族の誰かがサボテンマニアで、まだ持っていない品種をプレゼントしようと探していた、というわけでもないらしい。

「小学生なのに凄いね。サボテン、他にも集めてるの？」

「これが初めて」

よく聞いてみると、学校の授業で育てた朝顔の鉢なども置く場所がなく、持って帰ったことがないとかで、自宅で植物の鉢植えを育てるのは正真正銘、これが初めてだそうだ。

(発表会帰りのお嬢様、というわけでもないのかな)

お嬢様なら家に鉢植えを置く場所くらいありそうだ。それとも家族に潔癖症の人がいて、土の持ち込みを嫌ったのだろうか。タワーマンション在住とかならそういうこともありそうだ。

でも、そんな状態でどうして最初の鉢植えにペヨーテを選んだのだろう。

というか、今は鉢植えの所有は可能なのだろうか。

疑問に思いつつも時間は過ぎて、雫ちゃんの植え替え作業は終了してしまう。もうこれ以上、引き留められない。

最後に、緋沙子さんが恭しく賞状でも授与するようにペヨーテの鉢を雫ちゃんに手渡した。

「植え替えを手伝ってくれたあなたの手つきを見て、この人にならこの子を託してもいい、そう思えたからお譲りします。可愛がってあげてくださいね」

後はよろしくお願いします、そう言って運動会のバトンのように引き継がれたペヨーテの鉢を、雫ちゃんがそっと受け取る。彼女の表情がさらにほころんだような気がした。

が、それも那由多が彼女のランドセルに手をかけるまでだった。

作業も一段落したし、母屋のほうでお茶でも飲まないかと緋沙子さんのお母さんが誘いにきたのだ。先に緋沙子さんと雫ちゃんを通してから、

「那由多君、手土産ありがとう。見たわよ、ミッシェルバッハのマドレーヌじゃない！」

と、緋沙子さんのお母さんが那由多に話を振ってきた。

「大好物よ。ミッシェルバッハだとクッキーローゼも食べたいけど、予約がいっぱいで手に入らないのよねえ」

「ああ、あれ。うちの母もなかなか手に入らないってぼやいてました」

と、女子トークばりにお菓子談義が弾んだ時だった。話しながら母屋へと移動しようとした那由多が、隅の地面に置きっぱなしだった雫ちゃんのランドセルに気づいて、せめて台の上に置こうと手を伸ばしたのだ。すると、

「触らないでっ」

すごい声で叫んで、母屋に上がりかけていた雫ちゃんが戻ってきた。駆け寄るなり、ランドセルを奪い取る。

そして、彼女はランドセルをぎゅっと抱きしめると、那由多をにらみつけた。

その様が傷ついた野生の獣のようで。

那由多も緋沙子さんもあっけにとられて、再び臨戦態勢に戻ってしまった雫ちゃんを茫然と見ることしかできなかったのだ。

結局。雫ちゃんは態度を硬化させたまま、帰宅の時を迎えることになった。

もう時刻は六時前。

雫ちゃんの家がどこかはわからないが、今から電車に乗って帰るとなると日が暮れてしまう。本人には嫌がられたが、予定通り雫ちゃんを送っていくことにする。

「どうせ那由多君を送っていくついでだから」

家の近くまで送るだけで迷惑はかけないから、と何とか雫ちゃんにも納得してもらった。

聞いてみると彼女の家は那由多と同じく、西宮方面だった。

ぎこちなく口にされた町名は、甲山(かぶとやま)の南斜面を切り開いた住宅地だ。駅から離れているし、大きな家が多い地区なので人通りは少ない。夜は子ども一人で歩かせるのをためらう場所だ。送っていくことにしてよかったと思う。それなのに。

「何てこと、今日に限って車が軽トラとトラックしかない！」

緋沙子さんが車のキーをかけたボードの前で頭を抱える。

坂上家には業務用トラックの他に、バンが一台とお母さんの買い物用に軽自動車が一台、それにお兄さんのプライベート用の四駆があるらしいのだが、使い勝手のいい車はそれぞれお祖父さんの友人宅訪問と、職人たちの現場への送迎で出払っているそうだ。

「あんたねえ、車使うならちゃんと予約入れときなさい。何のための予定ボードなの」

と、お母さんにまたしても突っ込まれてしまった。

造園業の家らしく、車のキーをかけるボードの横には小さなホワイトボードがあって、車両名が縦並びに書かれている。使う予定のある人はそこに〈三時から夕方まで。細田(ほそだ)〉などと書き込むことになっているらしい。

「でも、これって会社用でしょ？　どうしてお兄ちゃんの四駆とかお母さんの軽まで出払ってるの？」

緋沙子さんが嘆くが、無い物は仕方がない。

「こうなれば、いいわ。那由多君、私のトラック野郎の腕を見せてあげる」

「そ、それは。せめて軽トラじゃダメなんですか」

「軽トラは座席が二つしかないから。荷台に人を乗せるのは公道では避けたいし」

公道でなければいいのか。突っ込みたくなったが、他に車がないのではしょうがない。

雫ちゃんが後部座席を選んだので、那由多は大きなトラックの助手席に乗り込んだ。これでも分類は小型トラックだそうだ。

4シーターのトラックの座席は、普通の車より高い位置にある。なので見晴らしがよかった。意外と座り心地も良くて、夕暮れ時で視界が悪いのが残念だ。

「いつもこれ運転してるんですか？」

「んー、普段は軽トラを使うほうが多いけど。北野の店の商品を入れ替える時とか。でも最初のお店起ち上げ（たちあげ）の時にはこっちを使ったかな」

外壁の木枠や大量の植木鉢はこのトラックに幌をかけて運んだそうだ。それにしても、

「店のサボテン、入れ替えてるんですか？」

「うん、定期的にね」

知らなかった。

「ずっと店に置いてたら枯れちゃうとか？」

「枯れるまではいかないけど。店の空調も気を使ってるけど、やっぱり人間に合わせてあるから。日差しの問題もあるし、たまには温室に戻してリフレッシュさせないと」

オフィスビルやホテルに観葉植物が置かれてるの、見たことある？　と聞かれた。

「自分たちで管理してるところもあるけど、レンタル業者と契約してるところが多いよ」

日光も当たらない室内で長時間、空調に晒される彼らは、丈夫な種類を選んではいても、置いている間に枝が間延びしたり本体が弱ったりしてしまう。

「だから定期的に取り換えるの。で、疲れた子はその植物に適した温室とかで日光に当てて養生させて、元気になったらまた送り出すの。派遣植物みたいな感じね」

緋沙子さん曰く、ホームセンターで売っている苗でも、季節によってよしずをかけたり鉢を時間によって移動させたりきめ細かに世話をしているところと、機械的に朝晩水をやるだけのところでは全然違うそうだ。

「那由多君も見ればわかるよ。特に今の季節はキュウリとか野菜苗を大量に仕入れるけど、手入れが悪いとひょろんって間延びしちゃって。羽虫がわいてるところもあるもの」

許せない、と緋沙子さんが拳を握る。

「だからうちのサボテンは信用のおけるところにしか卸さないの。ただそれだけだとやっぱり売り上げが厳しくて。試験的に直売店を出してみようかって話してて。そこへちょうどあの北野の店の話があったから出店してみたの」

もしうまくいけば北野の店を貸主に返した後も、どこかもっと家賃の安い場所で出店する予定だそうだ。

そんなことを話しながら、緋沙子さんがすいすいとトラックを運転していく。シフトレバーを操作する慣れた手つきに、最初は緊張していた那由多も体の強張りが解けていく。

雫ちゃんは静かだった。彼女指定の最寄り駅までくると、降ろしてくれと言ったが、もう暗くて危ないからもう少し上まで送ると言い張って、坂を上がった住宅地に入っていく。やはり庭木が茂った家が多くて、雫ちゃんを送ってきてよかったと思う。

だが調子よくお送りできたのもここまでだ。

よほど家を知られるのが嫌らしい。道順を聞いても雫ちゃんが黙り込んで教えてくれなくなった。しょうがないので、一旦、住宅街の中を走るバス道の路肩にトラックを止めて、互いの妥協点を探るために地図を開く。

よく見えるようにと、那由多が車内灯をつけるためフロントガラスのほうを向いた時だった。道の向こうから高校生くらいの男の子が歩いてきた。車内灯に照らされたこちらを見て目を丸くしている。

彼のいかにも部活帰りといったスポーツバッグを下げた姿に、那由多は見覚えがあった。それは向こうも同じのようで、驚いたように口を開く。

「え、白石か？」

「あれ、有野（ありの）？」

那由多はあわてて窓を開ける。同級生だ。那由多の学校は中学から六年間、クラス替えこそあるが学年のメンバーは教師ごと持ち上がりだ。なので高校一年生の新学期といえど、同じ学年のメンバーの顔と名前、簡単なプロフィールくらいは頭に入っている。だけど、どうしてこんな時間に、こんなところに。確か有野はもっと大阪寄りの、ＪＲ沿線住まいだったはずだが。それは相手も那由多を見て思ったのだろう。

「白石って、家、ここじゃなかったよな。なんでいるんだ、それになんでトラック？」

「あ、いや、これは……」

説明が難しい。どうしようと那由多が内心頭を抱えた時だった。

後部座席で動きがあった。ここに駐車した時からうつむいて身を縮めていた雫ちゃんが、突然、有野がいるのとは反対の、車道側の扉を開いて外へ飛び出したのだ。

まるで身を隠し、逃げ出すように車から飛び降りた雫ちゃん。

だがトラック座席の慣れない高さから降りたからか、バランスを崩して、アスファルトの上にうつぶせに倒れてしまう。

「え、雫ちゃん⁉」

「え？　って、誰か落ちたのか？　大丈夫か、お前……って、おい、雫、お前なのか？　何でここに！」

面倒見よく、車体を回って状態を確かめた有野の声と、那由多の声が重なって、二人で、はっ、と互いの顔を見る。

どうして有野が雫ちゃんの名前を知っている。

聞きたいが、今はそれどころではない。体の小さな小学生からすれば結構な高さから落ちてしまった雫ちゃんは、とっさに起き上がれずにアスファルトの上でうずくまっている。

傍には一緒に落ちたらしきペヨーテの鉢が転がって、土をまき散らしていた。

緋沙子さんもあわてて運転席から降りて手を伸ばす。それよりも先に駆け寄った有野が、

「雫っ、おい、怪我は⁉」

と、雫ちゃんを助け起こした。膝から血が出ているが、他に外傷はなさそうだ。が、倒れた拍子にランドセルが開いて、中の物が頭越しに前へとこぼれてしまっている。

その中に。ピンクの巾着袋に入った、小さなものがあった。

アスファルトに落ちた時、那由多の耳にもガシャンと重い音が聞こえたそれを、雫ちゃんがあわてて手に取る。中が割れていないか確かめているのだろう。袋を開いている。その手元からのぞいた、白い布と器。

「それって……」

雫ちゃんが慎重な手つきで持つそれは、那由多にも見覚えがあった。

数年前、祖母が他界した時のこと。それを見た。サイズこそ違うが、雫ちゃんが持つものは父が布に包み木箱に入れて胸に抱いた容器と同じ形をしていた。

そう、それは小さいけれど、れっきとした〈骨壺(こつつぼ)〉だったのだ。

3

翌朝の学校でのこと。

登校するなり、那由多は有野にヘッドロックをかまされて廊下の隅に連れていかれた。

「聞かせろよー、あの美人のお姉さん、誰だよ」

有野陽大(ようだい)は名前の通りの陽キャラだ。

中等部の時にはバスケ部で主将を務め、皆に等しく温もりを届ける太陽のように、クラスのバカ騒ぎの中心には必ずいるムードメーカー。気さくな性格なので誰とでも軽口をたたくが、おとなしいグループに位置する那由多とはあまり接点がなかった。

が、以前、学校行事の林間学校で偶然、飯盒炊爨（はんごうすいさん）の班が同じになった時に、互いの調理の手際の良さに通じるものがあって、言葉を交わしたのだ。

「お前、皮むきうまいな」

「あ、家でやってるから……」

「マジか⁉　俺も！」

話すうちに互いが親に代わって家事を行う主夫男子であることがわかり、それからは「大根一本無駄なく使いきるレシピ見つけたぞ」「換気扇の楽な洗い方ってない？」と、同盟を結んで情報交換をしている。

なので、知らない仲ではないが、バイトのことを言うのはさすがにまずい。学校の許可を得てはいるが、特例だけにあまり言いふらすわけにはいかないのだ。

「……知り合いの店長だよ。ちょっと雑用頼まれて」

苦しくごまかしたが、有野は空気を読んでくれる相手だった。深く追及はせず、明るく流してくれる。

「じゃあ、あのお姉さんとつきあってるわけじゃないんだな? だったら、俺、立候補しようかな。年下男子はどうですかって聞いといてくれよ」

「悪いことは言わない。そういう相手に、あの人だけは止めといたほうがいい」

年上以前に、ただの高校生の手に負える人じゃない。

「そんなこと言って、実はライバル増えるの嫌がってるだろ」

「だから違うって」

「冗談だよ、そんな顔するなって。俺たちとあの人じゃ、いいとこ、姉弟（きょうだい）だもんな」

昨日、駅で、姉妹、と言われた時はせめて姉弟と言ってくれと思ったが、改めて他人の口から言われるとこれはこれで不満だ。緋沙子さんに近しい存在と言われるのは嬉しいが、弟と呼ばれると、自分が年下の頼りない男認定をされているように感じる。

(京兄みたいな大人の世界に通用する男になりたくて、最初、バイト引き受けたのに)

今は自分探し、経験積みが主目的になっているが、それでも頼りない男認定は哀しい。

朝からもやもやしてきたので、那由多は強引に話の向きを変えた。

「それより有野、あの子が妹ってどういうことだよ」

時間は有限、もっと重要な話題がある。昨夜は時間が遅かったし、雫ちゃんも負傷していた。込み入った話はできず、いそいで雫ちゃんと有野を自宅まで送って別れたのだ。

雫ちゃんと一緒に転がり落ちたペヨーテも土がこぼれてしまったので、改めて園に持ち帰って養生することにした。また後日取りに来てもらう予定だ。

「いつ、あそこに引っ越したんだ？　有野って尼崎（あまがさき）のマンション住まいって言ってなかったっけ。それにお前に妹がいたなんて知らなかったぞ。一度も話に出なかったし」

「知らなくて当たり前だよ。引っ越したのも妹ができたのもついこの間だから」

「は？」

「あいつ、連れ子なんだよ、義母（かあ）さんの。……親父が再婚したんだ。で、結婚ついでに人数が増えたから、家族向けの一軒家に引っ越したってわけ。去年の年末に」

そういえば有野が家事をしているのは、母親がいないからだった。

年末の大掃除の頃にばたばた入籍して引っ越して、正月から一緒に暮らしてるんだ、と言われて、那由多は頭を下げた。立ち入ったことを聞いてしまった。

「……ごめん、お前の家のこと、何も知らなくて」

「謝るなって。家のこと、先生たち以外に言ってないし。知らなくて当たり前だよ。……俺もあれこれ言われるの面倒くさくて、皆には黙ってたから」

妙に気を使われたらこっちこそ気を使うから、白石も他には言わないでくれよな、と有野は言った。

「雫のことでなんか迷惑かけてたみたいだから、お前には言うけどさ。俺、別に、洋子さん……ってのは雫の母親、っていうか、もう俺の母親でもある人の名前なんだけどさ、嫌ったりしてないぜ。もうガキじゃないんだしさ、親父が選んだことだし。母さんが死んだの、俺が小学生の時だし、とっくに吹っ切れてるっていうか、洋子さん自身、結構いい人だしな。これで俺も毎朝早起きして弁当二人分作らなくていいし、掃除洗濯からも解放されて、青春を謳歌できるし」

まあ、いい母親にならないとって、やたらと気を使ってくるのは、ちょっとうっとうしい時あるけど、と、いつも明るい有野にしては珍しく目をそらしながら言った。

「洋子さんいい人なんだけど、いい人すぎて薄幸の人でさ。今までいろいろあったらしくて。すんげぇ周りに気を使ってて。……俺に気に入られなかったり、親父と気まずくなったりしたらまた家を追い出されるんじゃないかってびくびくしてるとこあるんだ」

はっきりと聞かされたわけではないが、さりげない言葉や父親の話からすると、洋子さんは異性にもてるが、かなり男運が悪い人でもあるそうだ。

雫ちゃんの父親とは結婚後数年で離婚して、その後も他の男性といろいろあったらしく、同居と別居を繰り返していたのだとか。

それにしても有野は、「雫が迷惑かけたみたいだから、事情を話す義務がある」という名目にしては踏み込んだことを話してくる。

(今まで誰にも話せなかったんだろうな……)

内容が内容だ。親の再婚絡みだから、当然、親にも相談できず、有野は一人で抱え込んでいたのだろう。那由多という秘密を共有できる相手が現れて、抑えがきかなくなって、今までため込んできたものをやっと吐き出すことができたのかもしれない。

有野は、その洋子さんという人が気を使っていると言うが、那由多から見ると有野もたいがい新しくできた家族に気を使っているように見える。

「でさ、前に少し話したことあったと思うけど、俺の親父って医者で、小さいけど病院を経営しててさ、看護師さんの寮もあるんだ。洋子さん、もともとは看護師としてうちの病院に来て、面接の時から子連れで入居しても大丈夫かって確認しててさ、採用決まるなりほとんど着の身着のままで雫と一緒に寮に転がり込んだんだ」

「それは、聞くだけでも訳あり感が凄いな……」

「で。俺の親父、息子が言うのもなんだけど面倒見のいい性格してるからさ」

頼る人の無い母娘を気づかう内に、愛が生まれたそうだ。

「だからそこはいいんだよ。洋子さんの精神面とかは夫婦の問題だし。これからは親父が洋子さんを支えていけばいい話だし、新しく息子になった俺とも、こっちが適切な距離を取っとけばいいっていうか、洋子さんも大人だから、そのうち、高校男子ってこんなもんだって、慣れるだろうからいいんだけど」

問題は雫なんだよ、と有野は言った。

「俺と違ってまだ八歳でさ、しかもすんげえいい子なのに今までずっと大人の事情に振り回されてきたわけだろ？　あの口調とか態度見ればわかるだろうけど、ちっこいくせにやたらと周りに気を使っててさ。いじらしいっていうか、面倒かけちゃ駄目って思いつめてて、いい子過ぎて見てるこっちがつらくてさ」

「ま、まあ、確かに大人びた子だったね……」

雫はいい子過ぎる、と連呼する有野を見ていると、那由多は雫ちゃんに冷たく、「使えない店員」扱いをされたことは言えなくなった。雫ちゃんは那由多の前と有野の前では、態度が少し違うようだ。

「そんなだから学校とかで何かあっても家じゃ遠慮して何も言わないんだよ。三学期からこっちの学校に変わったけど、まだ友達もいないらしくて。いっつもそうっと家に帰ってきて一人で部屋に閉じこもってるんだ。今の俺ん家の周り、たぶん宅地の造成時期のせいだろうけどリタイア世代が多くてさ。同じ年頃の子どもがいなくて。近所で友達作れってのも無理で」

教師に言われて母親も気にしているらしい。が、洋子さんはそのことを有野やその父親には隠して、逆に雫ちゃんにもっとちゃんとしなさいと、注意しているのだとか。

「たぶん、面倒な連れ子だって思われたくないんだと思う……」

雫ちゃんは家でも昏(くら)い顔でいることが多いそうだ。

「母親の洋子さんのほうが『ほら、笑いなさい』って必死になっててさ。おかげで最近は洋子さんも参ってるみたいで。だから俺も雫のことを気にしてるって言えない雰囲気でさ。下手に口に出したら洋子さんがさらに縮こまって、そのしわ寄せが雫にいっちまいそうで」

……問題ない、めいたニュアンスのことを最初に有野は言ったが。

他人の那由多から見ると、有野の家は大変なことになっているように見える。こんな時に比較するのもなんだが、互いを気使っているところは同じなのに、ぽんぽん言いたいことを言っていた緋沙子さん母子とは全然違う。

そして思った。雫ちゃんのあの冷たい態度や大人びた言動は、周囲に気を使う母を見て育ったからではないかと。洋子さんが雫ちゃんを守ろうと雫ちゃんにきつく当たっているのと同じに、雫ちゃんも母を守ろうとして、辛くとも何も言わず耐えているのではないだろうか。そして面倒をかけまいと大人びた態度をとっている。

あんな小さな身で大人たちに気を使っている雫ちゃん。いったいどれだけの言えない言葉を抱え込んでいるのだろう。胸がきゅっと痛くなった。

だけどそれが骨壺を持ち歩いている理由にはならない。

「なあ、どう思う？　……やっぱり、あれ、骨壺、か？」

何となく、互いに言い出しにくくて後回しにしていた問いを、有野が放つ。

「うん……。うちの祖母の葬式で見たことがある。あんなのだった」

「あー、やっぱりか……」

有野が頭を抱えてしゃがみ込む。

「俺の見間違いで、何か別の物だと思いたかったんだけど」

「最近、雫ちゃんの近くで亡くなった人いるの？」

「いや、洋子さんからは何も聞いてない」

雫ちゃんの両親が離婚したのは雫ちゃんが二歳の時だったそうだ。今回のこともあったので、有野が自分の父親に確かめたところ、雫ちゃんの父親は他に好きな人ができたと別れ話を持ち出したとかで、今は新しい家族と仲良くやっているらしい。

「そんなだから。何かあったって感じじゃないし、そもそもなんかあっても葬儀とかは新しい家族でするだろ？　骨壺だって当然、あっちの家族で管理するはずだし」

もし万が一、向こうに不幸があって、娘だからとこっそり雫ちゃんに連絡があったとしても。雫ちゃんが骨壺を持ち歩く羽目になるとは考えられない。

(だいたい、雫ちゃん、花は持ってても喪服じゃなかったし……)

那由多がうーんと考えていると、有野が言った。

「でさ、俺、考えたんだ。これって虐めじゃないかって」

「虐め?」

「だ・か・ら。あの骨壺は誰かが雫に嫌がらせで持たせたんじゃないかって」

有野曰く、クラスの皆に葬式の真似事でもさせられたからではないかと。

「歓迎会だとか騙されてさ、プレゼントだってあんなの渡されてさ、雫の奴、素直だからさ、あの時、落とすまで気づいてなかったとか。ああ、もう、どうしたらいいんだ」

考え出したら止まらなくて、と、顔をゆがめた有野は〈お兄ちゃん〉の顔をしていた。

というより、すでにお兄ちゃんを通り越して兄馬鹿だ。

「どう思う?　なあ、どう思う?」と、ぐいぐい押してくる有野を、「ちょっと待て、落ち着け」と那由多は必死に押しとどめた。

「確かにあんなのを持ってるのは気になるけど、それだけで虐めって決めつけるのも」

「泣いてるんだ」

「え」

「リビングにいる時とかは平気そうな顔してるけど、部屋に戻ったら一人で泣いてるんだ」

部屋が隣なので、押し殺した声が聞こえるらしい。

「なあ、どうしたらいいんだ？　俺、正直、人をいじったことはあっても、いじられたりしたことなかったからさ。慰め方とかわからないんだよ」

「それ、堂々と言わないほうがいいぞ」

「しかも雫、女の子だぜ？　男同士みたいにはいかないだろ？　だったら直接、雫を虐めてる黒幕をどうにかしたくても相手は小学生だし、歳が離れすぎてるから、学校に乗り込むのもまずいしさ」

うん、それは止めたほうがいい。これが虐めでなかったとしても、おせっかいな兄がいると、雫ちゃんがよけいに距離を取られるだけだ。というより高校生が小学生相手に凄めば、下手をすれば警察沙汰だ。

「可愛がってるんだな、妹のこと」

「そう、かな」

これだけ心配しておきながら、有野がとまどったような顔をする。

「そういう実感、ない。っていうか、まだ妹って感覚もないんだけど。一緒に住み始めて半年もたってないし」

正直、小学生の妹なんてエイリアンと変わらない、と有野が顔をしかめる。

「俺も小学生だった時あるけどさ、やっぱ男子とは違うっていうか、家族だろって言われても、雫が何考えてるか全くわかんねえ」

朝起きて顔を合わせれば、おはようの挨拶くらいはするが、そこからは一切の会話がない。互いに無言のまま朝食を食べて家を出る。夜も同じく。

気まずすぎて有野は最近は朝練と称して早めに家を出て、夜も部活の後に駅ビルをぶらついて時間をつぶしてから帰っているそうだ。だから昨日はあんな時間に那由多たちと会ったのかと思う。ただ……。

「……やっぱ気になるだろ。自分よりちっこい奴が声を殺して泣いたりしてたら。何とかしないとって思うじゃん？」

ああ、そうだ、と那由多の心がほっこりする。

そうだ。有野はこういう奴だ。だからいつもクラスの中心なんだ。

そして那由多も。こいつの力になってやりたい、そう思うのだ――。

その日の放課後。

那由多はバイトのシフトが入っていないにもかかわらず、北野の店に寄っていた。緋沙子さんから、「あの後、何かわかった？　男の子のほう、友達なんでしょう？」とスマホにメッセージが入っていたからだ。そのまま返信するには繊細過ぎる問題な気がしたから、「直接話します、お店に行っていいですか」と那由多は送信した。緋沙子さんはすぐに、承知、と返してきてくれた。

店につくなり、緋沙子さんが心配そうに聞いてくる。

「あの二人、どういう関係なの？　妹っていうわりに会話もなかったけど」

先ず、そこの説明からだ。有野には緋沙子さんに話す許可は得ているので、なりたて兄妹のぎくしゃくしている今について話す。

「あー、そういうこと」

緋沙子さんが、まるですべてがわかったように、ぽんと手を打った。そして、那由多に、

「なるほどねえ。だからか。その有野君って子の話し相手になってあげなさい」と言った。

それですべて解決するから、と。

「コミュニケーション不足なのね。わかるなあ。気になりすぎて話せないっていうの」

「え、緋沙子さんがですか？」

「那由多君、前から気になってたけど、君は私のことどういう人だと思ってるの？」

残念な人だと思っています、とは言えない。

「母さんとのやり取り見てたから対人関係に大ざっぱな人だと思ってるのかもしれないけど。私だって気を使ってるのよ？　ちゃんと素を隠して接客だってやってるでしょ」

「たまに隠しきれずに説明がディープになって引かれてますけど」

「だ・か・ら。あれはお客様に気を使いすぎてうまく話せなくなった結果なんだってば」

脳がパニックを起こして、とにかく何かを話さなくては、となるらしい。

「じゃあ、僕を相手に語るのは？」

「那由多君は別格。同志だから。聞いてて熱の違いはわかるでしょ？」

いや、わからない。だって初対面の時から緋沙子さんはこうだった。だからわからないが、

(緋沙子さんって僕には最初の時から気を許してくれてるってこと……？)

年上の女性に対等に扱われたようで誇らしいというか、こんなマニアックな人と初見で波長が合う自分ってどうなの、というか。複雑な気分で緋沙子さんを見る。彼女はアンニ

ユイにため息をついていた。

「思い出すなあ、学生時代。男子の世界も大変だろうけど、女子の世界も気を使うんだよ」

雫ちゃんの虐め疑惑から連想してしまったのか、緋沙子さんが語りだす。

「クラス替えしたばかりで相手がどんな子かわかんない時とか。どれくらい素を出していいか距離感はかったり、相手に合わせるのに反応とか探りあったり、すごくつかれるのよね。特に、ほら、私って興味のある話題が偏ってるから」

緋沙子さんは小学生時代からすでにサボテン好きだったそうだ。

「なかなかうまく会話できなくてねえ。こういう趣味にディープな子って他にもいるっていうか、人種的にはオタクに分類されるんだろうけど、私って一般的なアニメオタクとかいうのとも違うでしょう？　ニッチすぎて」

「まあ、アニメオタクとか漫画オタクは多くても、サボテンオタクは俺の学校でも学年どころか全校生の中で一人いればいいほうですね……」

那由多もミニチュア創作という少数派の趣味人なので、そこの苦労はわかる。かろうじて鉄道研究部のジオラマ班に重なる部分があるが、学校ではまず趣味の話はできない。

「中学に入っても、園芸部なんてとっくに廃部になってたし」

「最近はあまり聞きませんね。あるようでない部っていうか。うちの学校もないです園芸部」

「でしょ？　で、しょうがないから仲間求むって同好会起ち上げたけど、誰も来なかったし。そんな風に悪目立ちしたからよけいに引かれちゃったし。男子は比較的話しやすかったけど、女子はしんどかったなあ」

「男子となら話せたんですか？」

「うん。だって嫌われても生活に支障ないし。気楽だったから」

あっさり言われた。

「その点、女子に嫌われると命にかかわるからね。話すにも慎重になるよ。その気疲れがまた半端なくてね」

「……もしかして緋沙子さん、女の子の友達っていないんですか？」

「聞きにくいことをあっさり聞くね、那由多君。もうちょっと気づかいできなきゃ、彼女できないよ」

幸いというか、そんな緋沙子さんでも高校に入って同志の彼女はできたらしい。

「さすがに同じジャンルとはいかなくて、似た方面の推しがあるって同志だったけど」

「アイドルオタクとかですか？」

「ううん、薔薇。彼女、薔薇の栽培マニアなの。園芸って部分でちょっとかぶってて」

「そうきましたか」

高校時代、緋沙子さんと二人で、使っていなかった学校の花壇を見事な薔薇園に生まれ変わらせたそうだ。「伊丹の荒巻と言えば薔薇好きの聖地だからね」と緋沙子さんが拳を握るが、そんなディープな園芸仲間がよくいたものだ。エア同志でなくてよかったと緋沙子さんのために喜ぶべきだが、つい頭の中がベルサイユになってしまった。

「那由多君だってそうじゃない？　学生生活、同性の友達がいないのはきついよ。その点、男子は私が多少変なことを言っても、あー、女子だし、で距離とられるくらいですませてもらえたから、気楽だった。でも女子はね。変な噂がたったら大惨事だから」

那由多君の周りで、他校の子とか、気になる女の子に声をかけたら避けられたって落ち込んでる男子がいたら、心配することないよと言ってあげなさい、と言われた。

「そういう女の子は十中八九、他の女子の目を気にして男子を避けてるだけだから。他の子に彼氏がいないのに自分だけが声かけられたとか、他の子がその男子を好きなのに、声をかけられたら大変とか、いろいろあるんだよ、女子には」

「そうなんですか」

「十中八九ね。あれ、半々、かな。本気で嫌がってる場合もあるだろうし」

「どっちですか」

「どちらにしろ、声をかけづらい時は、相手を気にしてるってことよ。それがどっちのベクトルにせよ、いいことじゃない」

その代わり、お互いディープなところも見せあえる子を見つけられたら、学生時代って天国だけど、と緋沙子さんがうっとりと中空を見上げる。

「あの頃の濃密な記憶があるから、私、母さんに、『いいかげんサボテン以外に興味もちなさい』って、せっつかれても彼氏が欲しいとか思わないのかもしれない」

……緋沙子さんのお母さんも大変だ。

その頃の同志ともいうべき女友達とは今でも深い付き合いが継続中らしいが、学生時代、緋沙子さんはどんな女子友生活を送っていたのだろう。

(というか、学生時代って言ったら、大学時代も含まれるんだよな?)

この緋沙子さんとあの京兄がどうやって知り合ったのか、なんだか気になってきた。

そんな那由多に、泥棒猫騒ぎの時の孝明さんもそうだったでしょ、と緋沙子さんが言った。

「言いたいけど、言えない。恋人同士でもそうだもん。とにかく、そっとしておいていいと思うよ。あがいてるってことは自分でも何とかしなきゃって思ってるってことだから、無駄に声をかけて追い詰めることもない。相手がもう一声欲しい、声をかけて欲しい時はそぶりに出るし、なら、気づくでしょう？　気にして、相手を注意深く見てる人なら」

「でも……雫ちゃんってペヨーテを欲しがったりしましたよね」

あれが重苦しい家族の〈今〉から一時でも現実逃避したい、そんな願いのためだったとしたら。そう言うと、それはもう解決済み、大丈夫、と緋沙子さんが言った。

「だって雫ちゃんが仙寿園でサボテンを植え替えてる時の顔を見たでしょ？　優しく、新しい家族を迎えるみたいな手つきだった。だから大丈夫」

だって家族を切り刻む人なんかいないでしょ？　緋沙子さんが自信満々に胸を張る。

「雫ちゃんがペヨーテを購入したのは、摂食目的じゃない。それに彼女、鉢を宅配便で送るかって聞いたら、かさばってもこのまま持って帰るって言ったのよ？　あれは生き物であるペヨーテを箱に入れて送るのが心配だったからに決まってるじゃない」

いや、小学生の身では宅配便代がしんどかっただけでは。それか不在時に届いて家族に見られるのが嫌だったからとか。

……こんな風に考えてしまうあたり、自分も汚れた大人になったなあと思う。

他にもいろいろ言いたい不安はあったが、

「サボテンを愛する人に悪人はいないのよ！」

と、緋沙子さんにいつもの謎根拠を持ち出されて、締めくくられてしまった。

本当に、大丈夫なんだろうか。


帰宅した那由多は、鞄を放り出すとベッドに転がった。天井を見ながら考える。

(緋沙子さん、大丈夫だって言ってたけど)

いつもの謎根拠で、はっきり何故そう言い切れるのか話してもらえなかったので、もやもやしたままだ。

それに悔しい。有野に近しいのは那由多のほうなのに、あれだけのヒントでもう緋沙子さんにはすべてがわかっているようなのが。

悔しくて……自分でも考えてみる。緋沙子さんがわかった、大丈夫、と言うということは、同じことを見聞きしていた那由多にだってわかるということなのだから。

雫ちゃんが仙寿園に来た時、ランドセルを不用意にさわったら、すごい勢いで奪い返された。あれは骨壺が入っていたからではないかと、今になって思う。雫ちゃんの様子からして、大切な人のお骨なのだろう。雫ちゃんから薫った香りも。線香だったのかもしれない。

(雫ちゃん、花持ってたし、お墓帰りだったのかな)

だが有野家周囲に不幸はないと有野も言っていた。実際、有野から線香の匂いがしたことなんか一度もない。てことは。

(身内のお骨じゃないよな、やっぱ)

そもそも何故、墓参りでお骨を持って帰る。花だって普通は墓前に供えてくるだろう。

「……やっぱり、わからん」

その時、スマホからメッセージの着信音がした。

見ると京兄からだ。

『おつかれ、那由多。今日はバイトの日じゃないのに店に行ったんだって？』

京兄は那由多に緋沙子さんの店を紹介してくれた年上の従兄だ。

もともと店の内装が気になってと那由多にバイト依頼をしたのが京だったからか、那由多がバイトの日の夜には必ず「どうだった？」とメッセージを送ってきてくれる、面倒見のいいアニキだ。

が、今日はバイトの日じゃないのに、どうして店に行ったとわかったのだろう？

『那由多のとこの叔母さんが仕事でうちの事務所に来たんだ』

『で、那由多から、店に寄るから夕食作るの遅くなるってメッセージが来たって言ってたから。前に話してたペヨーテの子が気になって店に行ったのかと思って』

鋭い。そういえば半ば定例報告会と化している、バイトの日の夜の京兄とのやりとりで、何か謎解きのヒントをもらえないかと、最初にあった電話のことを話したのだった。その後、成り行きで雫ちゃんの本園来訪のことは報告していたのだけど。

（……お客様のプライバシーだし、これ以上、話さないほうがいいよなあ）

有野家の今を知ってしまったから、よけいにそう思う。

京兄にメッセージを返す。

『店のお客様のことだから、ごめん』

大人な京兄はすぐ了解してくれた。が、

（プライバシーって言えば。息子からのメッセージを身内の事務所でとはいえ、ぽろっと話しちゃう母親ってどうなんだろ）

それでいちいち連絡を取ってくる京もたいがいだが、うちの一族ってやっぱ過保護だよなあ、と、一仕事終えた気分になって、那由多がスマホを充電器につないだ時だった。

あれ、待てよ、と、何かが引っ掛かった。

同じく那由多に過保護だった、祖母のことを思い出したのだ。

今はもう亡き白石家の祖母。

葬儀が終わり、焼き場から戻って、骨壺の入った四角い箱を父が仏壇の前に置いた。祖母が大好きだった那由多は、自分が持つと言ったが、重いから駄目だと持たせてもらえなかった。そのことをぼんやりと思い出して、そこでまた引っ掛かった。

理由を考えて、あ、と思う。

(おかしいだろ。雫ちゃんの骨壺、なんでランドセルに入っちゃうんだよ⁉)

思い返してもあの時の骨壺は湯飲みほどのサイズしかなかった。

だいたい、何故、雫ちゃんが持っている? 有野も言っていたが、雫ちゃんの実父は存命。亡くなっても今の家族が葬儀を行う。雫ちゃんが骨壺を渡されるわけがなく、それに雫ちゃんは途中の駅に用があると言っていた。

雫ちゃんの家は西宮だと分かったし、当然、通う学校もその近辺。あの辺りの路線からして、雫ちゃんは那由多が通ったのと同じ順路で山本に来たはずだ。

あの時、窓の外に見えた景色は、と思い出す。

ジオラマづくりに生かせるかもと、地元民の緋沙子さんにあの時、見えた目立つ建造物の名前を那由多は聞いて、それから……。

はっとして那由多は飛び起きた。スマホでとある名称を検索する。どんぴしゃだ。

あわてて有野にメッセージを送る。

『あのさ、有野、変なこと聞くけど、雫ちゃんたちが入居したっていう寮、どんなとこなんだ？　子どもが入居して大丈夫ってことは賑やかでもかまわないとこ？』

『んー、寮っていうより、借り上げ社宅？』

幸いなことに、有野からはすぐに返事が来た。続けて尋ねると、詳しく教えてくれる。

『駅からも遠い辺鄙なとこの旧いアパートでさ、何室か契約結んで病院で借りてるんだ。不便なとこにあるからなかなか入居者がいつかなくて、子ども可どころか犬や猫飼ってる人までいるよ。だから今さら子どもが入居してもうるさいとか言う人はいないよ』

だったら。那由多はごくりと息をのむ。急いで返信する。

『……有野、雫ちゃんのふさぎ込みの理由は、虐めじゃないよ』

『え？』

『雫ちゃんは、大切な相手を亡くしたんだ。だからペヨーテを買ったんだ。そして部屋で一人で泣いてるんだよ』

4

那由多がその可能性に気づいたのは、雫ちゃんが「用があってそのついでに」山本へやってきたと言ったからだった。

「宝塚駅の近くには、動物霊園があるんだ」

翌日のこと。有野と雫ちゃんを前にして、那由多は自分がたどり着いた推測を話していた。

学校帰りに有野の家にお邪魔したのだ。雫ちゃんと話したい、そう願って。

幸い雫ちゃんの母、洋子さんは外出中で、雫ちゃんは一人で家にいた。部屋に閉じこもって静かに、重く鈍い時間をやり過ごしていた。

「……ごめん、雫ちゃん。ちょっといいかな」

有野の前では素直な雫ちゃんに、部屋の扉を開けてもらって訊ねた。

「あのさ、雫ちゃんが仙寿園へ来てくれた時のこと。あの時、途中で用があるって言ってた駅って宝塚駅だよね？　あそこからなら、霊園行きの送迎バスが出てるから」

緋沙子さんと電車の外を見ている時、山肌に変わった塔があって、聞いたら教えてくれた。それを思い出したのだ。

「雫ちゃん、そこへ寄ったんだよね。花を持って、特別な服を着て」

改めて雫ちゃんを見ると、生意気と思っていた不愛想な表情が、警戒心でいっぱいの、か弱い小さなハリネズミめいて見えた。

傷つきやすい心を守るために、必死で針を立てているハリネズミ。

そんなに警戒しなくていいんだよ。僕たちは敵じゃない。だから心を開いて。そんな想いを込めて雫ちゃんの顔をのぞき込む。

「雫ちゃんはたまたまペヨーテのこと、本か何かで見たんじゃない？」

那由多が小学生の頃にも世界の不思議特集や、スピリチュアル特集、それに植物特集といったまとめ方をした学習漫画はあった。あの手の雑学辞典のような写真入りの本なら小学生でも読むだろう。ましてや雫ちゃんは母親が仕事で留守の家で一人で待つことが多かった。寂しさを紛らわすために学校の図書室で本を借りてくることはあっただろう。

そしてペヨーテには霊的な要素もある。

那由多も調べた。ペヨーテにあるといわれる効用の中に、死後の世界との交信ができるというものがあった。

もし雫ちゃんがそれを見たなら。そしてある連想をしたのだとしたら。

何故わざわざペヨーテを求めたのか、重さを気にしたのか、そして何故、あの骨壺を持っていたのか、暗い顔で部屋で一人で泣いていたのか、すべてに説明がつくのだ。

「サボテンなら、植木鉢に植えてある。持ち運びもしやすい。家の中に入れてても不自然じゃないし、そこにお骨を入れようと思ったんじゃない？」

お墓の、代わりに。

言うと、有野が「え」と言った。そして雫ちゃんを見る。雫ちゃんは黙ったまま、唇を嚙みしめている。引っ越す前に住んでた寮は動物を飼うことができたんでしょ、と言うと、やっと彼女が口を開いた。

「飼ってたインコが、死んだの」

「お前、インコ飼ってたのか」

有野の言葉にこくりとうなずいて、雫ちゃんが写真を見せてくれる。可愛い緑色をした小鳥と、何の憂いもなく笑っている雫ちゃんの顔がそこにあった。

サザナミインコのティアラというそうだ。

雫ちゃんがペヨーテの重さを気にしたのは、大事なティアラの上に重い物を乗せたくなかったから。これから先、今住んでいる家を出ることになった時に、ちゃんと自分が抱いて出られるサイズの鉢にしたかったからだ。

実際に自分の目で大きさを確かめて購入したいと言ったのも、大きすぎて家の中に置けないと言われたり、引っ越し先にもっていけないと言われたりすることを怖れてだ。複数、ペヨーテがあるかと聞いたのも、何個か実物を見て、ちょうどいいサイズを選びたかったからだろう。

……今まで、何度も引っ越しを繰り返してきたから。

ほぼ着の身着のままで寮に入ったということは、身の回りの品だけをもって、前の家をあわてて出てきたのだということを推測できる。

「鉢に入れて、ずっと一緒に引っ越していくつもりだったんだね。それならお母さんに知られることもない。ずっと一緒にいられるから」

雫ちゃんはうつむいたまま小さく、「ティアラは、ずっと一緒にいてくれた家族だから」と言った。

雫ちゃんがまだ一歳の時に、実父が買ってくれたインコだそうだ。その頃から気まずくなっていた雫ちゃんの両親が、まだ互いに何とか歩み寄ろうとしていた頃の贈り物。だから雫ちゃんは父親のことは覚えていなくても、母親が仕事で忙しくて家になかなか戻れなくても、ティアラを見れば温かなイメージと共に両親のことが胸に浮かんだ。心の支えだったのだ。

それだけではない。物心ついた時にはすでにそばにいてくれた小鳥は、家族の一員を通り越して自分を取り巻く風景の一部になっていた。それがない状態なんか想像もできない存在に。そんなティアラも病気には勝てなかった。有野の家に越してくる年末前に、ひっそりと息を引き取った。そして動物霊園でお骨にしたのだ。

「……母さんがそこに合同葬にするって言ったの。慰霊塔みたいなのに入れるって。お骨を持って帰れないし、お墓もないからって」

雫ちゃんは「ティアラが寂しがるよ」と主張して、骨壺を一時、霊園に預かってもらうことにしたのだそうだ。落ち着いたらどうするか決めるから、どうか置かせてくれと頼んで。

「庭に埋めればいいじゃないか」

有野が言った。

「寂しがるなら、そんな植木鉢に埋めなくても、ちゃんと庭に墓を作って」

「……いつ引っ越すかわからないのに？」

引っ越す予定なんかと言いかけて、有野が言葉を止める。

雫ちゃんの眼は小学生とは思えないほど昏かった。

今まで親の都合でずっと転居を繰り返してきた雫ちゃん。そしてその母親はまた追い出されるかもとびくびくしている。

そんな状況で雫ちゃんが引っ越しはあり得ないと信じられるわけがない。すぐに出て行くかもしれない仮の家に大事なティアラの骨を埋められない。

そもそも庭にティアラの墓を作りたいなんて言い出せない。雫ちゃんが母親に「笑いなさい」と言われていた時のことを思い出したのだろう。有野が、顔をゆがめた。

「何でだよ。何で今まで話さなかったんだ、そんな、大事なペットが死んだ後すぐなら、俺だってしょうがないかって思ってそっとしたのに」

「……母さんが、話しちゃダメだって」

新しいインコが欲しいか、とか、新しい父親に気を使わせるから。

「それに骨なんか持ってたら、新しいお父さんやお兄さんに変な顔をされるからって」

有野がぐっと詰まる。いつも新しい家族に気を使っていた洋子さん。彼女がせっかくの新生活が暗い雰囲気にならないように、そういう話はしないように雫ちゃんに念を押したことは容易に想像がつく。だから雫ちゃんは誰にも塞いでいる理由を話せなかった。部屋でひっそり泣くしかなかった。

「嘘だろ……」

有野が絶句する。

「いや、だって、洋子さん、ずっと雫に、笑いなさい、とか言ってたんだぜ。この子、人見知りでごめんなさい、とか俺に愛想笑いしながら。信じられねえ」

有野の言う、信じられねえ、は洋子さんに対してだ。だが有野のことをまだよく知らない雫ちゃんは、びくりと肩を揺らす。那由多はあわてて割って入った。

「有野、駄目だ、雫ちゃん、誤解してる」

その言い方だと、雫ちゃんの言葉が信じられない、と、とられてしまう。インコのことまで否定されたと思われる。

「ちゃんと言わなきゃ。有野は雫ちゃんのことを心配してるだけだって、味方だって」

じゃないと雫ちゃんだって何も話せない。ずっと引っ越しばっかりだった雫ちゃん。まだこの家にも馴染めていない彼女は、ここを自分の家だと思って安心することはできていない。有野のことだって〈家族〉と認識できていない。

「……悪い。俺が考えなしだった」

有野が謝った。

「お前のほうが小さいのに、俺、気を使わせてたんだな」

有野が雫ちゃんの前にしゃがんで、目線を合わせる。そして、あのさ、俺、男だから口悪いけど、お前のこと嫌ったりとか信じてなかったりとかしてないから、と言った。

「お前の母ちゃんがいっぱいいっぱいなのも、お前に笑えって言うのも。俺が悪いんだ。俺が家に寄りつかないから」

俺、きちんと洋子さん、いや、義母さんに話すから。認めてるって。二人の結婚を悪く思ってるわけじゃないって。と有野は言った。

「ただ家にいても気まずいっていうか、あ、いや、悪い意味じゃないんだけど、単に話すことがないから間が持たなくて。高校生の男なら、こんなもんだぜ？　家でぺらぺら話してる奴なんかいないよ。だから俺も……って、何言いたいのかわからなくなってきた」

必死に有野が言葉を続ける。雫ちゃんは黙って凝視したままだ。大人っぽいとはいえ、雫ちゃんだってまだ小学生だ。だが雫ちゃんから見ればこんな大きな大人と変わらない相手にそんな不器用なところがあるとは理解できないのだろう。

「えっと雫ちゃん、有野のこと信じてあげて。別に有野のことかばってるわけじゃないけど、僕たちの年代って、僕も同じだけど、親とだって共通の話題がなくなるから」

部外者が入らないほうが良いだろうといったん脇にのいていた那由多だが、見かねてまた間に入った。那由多なら雫ちゃんに「使えない店員」認定されている。不完全な存在の例になりやすい。

「親と仲がよくて友達みたいにつきあっている同級生もいるけど、たいていの高校男子はこんなものだと思うよ。家族が嫌いってわけじゃないけど、かまわれるとうっとうしいというか、恥ずかしいっていうか。で、距離おいちゃって」

雫ちゃんや洋子さんのことを気にかけるだけ、有野はいいやつだと思う。

「とにかくだ。お前はもうこの家の子なんだ。俺の妹だ」

結論付けるように、有野が言った。

「だいたい、雫。お前、まだ小学生なんだぞ。小学生ってのは子どもなんだ。だから子どもが難しいこと考えなくていい。子に気を使わせる親のほうが悪い。俺が注意しといてやるから、お前は自由に泣いたり怒ったりしていいんだ。お前がどんな態度を取ったって、この家がお前の最後の家だ。あ、もちろん大人になったら独り立ちして自分の家を作るだろうけど、子どものお前にとってはここが終着点だ。どこにも行かなくていい」

有野が宣言した。

「親父が洋子さん、いや、義母さんと喧嘩したりしても俺がお前の味方だ。だから遠慮なくティアラの墓を庭に作ってやれ。俺が許す。引っ越すなんて言ったら俺が親父をぶん殴ってやる。だから安心してここに根付いたらいいんだ」

言われて、やっと雫ちゃんの大人びた表情が壊れた。

顔をゆがめ、有野にしがみついた雫ちゃんは、年相応の小学生らしく見えた。

それから、数日後。

雫ちゃんが改めてペヨーテを引き取りに山本の仙寿園までやってきた。母の洋子さんの車で。帰りは連絡をすればまた迎えに来てくれるそうだ。親父さんはさすがに仕事で来られなかったそうだが、つきそいとして有野も一緒だ。

ペヨーテはこぼれた土を戻して、仮の鉢にすっぽりと入れられていた。それを手に、有野兄妹を出迎えた緋沙子さんが言う。

「鉢は割れてしまったから。だからどうせなら心機一転、鉢もティアラちゃんにふさわしい新しい物を選んで植え替えたらどうかと思って」

雫ちゃんは有野と話し合ったが、やっぱりペヨーテをティアラの墓碑にすることにしたらしい。南国育ちのティアラを、夜も外に出しておくのは心配だからと言って。だから緋沙子さんが鉢を選ぶように言う。これが大切な再生の儀式なら、なおさら、と訴える。

それから。

有野と雫ちゃんに向かって指を唇に当てて、緋沙子さんが秘密めかして提案した。

「ペヨーテとは別に、もう一つ、テラリウムを作りませんか。サボテンで」

二人のお母さんへの贈り物も作りませんか、と。

「今さら、好きだ、もう家族なんだから安心して、なんて高校生の男の子が言いにくいでしょう？　だったら、少し早いけど母の日の贈り物にどうでしょう。二人で一つの箱庭を作って、洋子さんに贈るんです。兄妹仲がよくなってるアピールにもなると思いますけど、どうですか？」

さっき二人を送ってきたときに見た洋子さんは、弱々しい笑みを浮かべていた。有野が洋子さんもいっぱいいっぱいで、と言っていたのがわかる、思いつめた表情だった。それでいて、有野と雫ちゃんが一緒に歩いているのを見送る顔はほっとしていた。

兄妹の仲がよくなっている。それを言葉だけでなく、物を贈ることで知らせるのは洋子さんにとってかなりの救いになるのではないだろうか。

「……母の日の贈り物は俺も考えてたけど。カーネーションを贈るんじゃないんですか？」

「ポピュラーなのは確かにカーネーションですね。でもあの鉢植えって花の時期が終わるとたいていの人は処分してしまうんですよね。それって寂しくありませんか？」

花茎を切って養生すれば何年か花を咲かせるんですけど、素人だとやっぱりそこまで綺麗な花は咲かせにくいですし、と緋沙子さんは言った。どうせ贈るなら、ずっと形の残る物にしませんか、と。そして、

「サボテンの種類は多くて、それぞれに違う意味があるのだけど」と前おきして告げた。

「サボテンの花言葉は、偉大、優しさ、温かさ、そして……、枯れない愛、ですよ」

有野と雫ちゃんが目を見開く、そして互いを見る。

「どうです、ぴったりでしょう?」

二人は同時にうなずいた。力強く、意思を込めて。

それは二人がテラリウム作りを了承したということで。緋沙子さんがサムズアップして、ドヤあ、と那由多のほうを振り返った。

「仙寿園本園ワークショップの記念すべきお客様第一号ですよ。私の営業トークもなかなかのものでしょう!」

いや、そういうことはお客様の前では言わないように。接客業の人なら胸にしまっておきましょうね。

「よし、改めて。先ずはペヨーテの植え替えをするぞ」

有野が雫ちゃんを促して、新しい器を選ばせる。今度は堂々と部屋に持って入ってもいい、ずっと持っていてもいい。だからティアラが好きそうな、雫ちゃん自身が傍に置いておきたいと思える器を選べと。

「ここにある容器、どれでもいいぞ。兄ちゃんはもう高校生だからな。お年玉だってまだ残ってるし、貯金だってある。足りなきゃバイトだってするから!」

頼もしく言った有野に、雫ちゃんが少し試すような眼をして器を選ぶ。

明るく開放的な作りになっているそれは普通の鉢ではなく、テラリウム用だった。少しお値段が高くて、有野が一瞬、息をのんだが、彼は自分の言葉を撤回しなかった。それどころか容器の中に飾るミニチュアや砂も好きな物を選べと胸を張る。

雫ちゃんはペヨーテの鉢の、雲のように白く輝く砂の上に人の模型も家の模型も置かなかった。最初の鉢植えと同じく、ペヨーテが一つ、どんっと生えているだけだった。だけど雫ちゃんの眼には、きっとティアラと仲良し家族が暮らす家が映っているのだと思える、そんな温かさを感じる佇まいだった。

そして今度は有野と二人で母親に贈るテラリウムを作る。

一応、母の日のカーネーションを意識してだろう。紅い、華やかな花をつけるサボテンを選んでいた。そしてその周囲には家族のそれぞれを表すサボテンたちを植える。

最後に、鉢を真っ赤なリボンで飾って、テラリウムは完成した。母の日当日までは秘密にするから、しばらく園で預かってくれと言われた。

迎えに来た母の車で帰っていく仲の良い兄妹を見送って、緋沙子さんが那由多に問いかけた。

「那由多君、ペヨーテってどんなところに生えてるか知ってる?」

「え？　えっと、アメリカ先住民教会って言ってたから、西部劇に出てくる広い荒野みたいなところ？」

「そうよね。荒野を思い浮かべるよね」

そう言って、緋沙子さんがサボテンの写真集を見せてくれた。

サボテンの自生地を写した、貴重な写真の数々がそこにあった。

白っぽい砂地の上に他の植物たちに混じってこんもりとした群生をつくっているコピアポア・デアルバータ。標高が高く木々すら生えない場所にもこもこの毛玉か絨毯のようにびっしり固まって生えるオプンチア・フロッコーサ。瓦礫が散らばる地面で石ころに擬態して地面に張り付くように生息しているアリオカルプス・レツーサ。

「そしてペヨーテ。つまりロフォフォラ・ウィリアムシーもまた瓦礫の中、岩にまぎれるように生えるの。ここには写真がないけど、磯の岩場に張り付くフジツボみたいな感じと言ったら想像しやすいかな」

それでね、と緋沙子さんは言った。

「サザナミインコもメキシコ産の小鳥なんだって」

あ、と思った。それで緋沙子さんは事情が明らかになっても、雫ちゃんに別の育てやすいサボテンを薦めなかったのか。

インコとサボテン。双方の原産地のことまで雫ちゃんが知っていたかはわからない。が、縁、というものがあったのかもしれない。

それと、と、緋沙子さんがサザナミインコの雛の画像を見せてくれた。

そのうずくまった小さな姿は、雫ちゃんの手にあったペヨーテそっくりで。どうして雫ちゃんがペヨーテにこだわったのかがよくわかった。

「雫ちゃん、本でこんな写真を見たのかもね。だからこそ、墓碑に使おうと思ったのかも」

初めて家に来た時の真ん丸い雛の姿を連想して。緋沙子さんが言うのを聞きながら、那由多は有野と学校で話したことを思い出していた。

実は那由多がサザナミインコの雛の画像を見るのはこれが初めてではない。雫ちゃんの涙の原因がペットロスではないかと考えた時に、どんな動物を飼っていたのだろうといろいろ検索している間に見つけた。そして、あ、と思ったのだ。きっと雫ちゃんもペヨーテの画像を見て、似てる、と思っただろうと。

そして同時に考えた。どうして雫ちゃんがペヨーテの画像を見ることができたのだろうと。

だから昨日、学校で有野と二人だけで話したのだ——。

——放課後の学校で。誰もいない中庭の一角に那由多は有野を呼び出した。

「ごめん、有野。ただ、どうしても雫ちゃんがペヨーテなんてものを知った理由が気になって」

単刀直入にたずねた。

学習漫画でペヨーテを知ったなら、白黒写真だと思う。多色刷りの漫画も増えてきたが、それでも鮮明な色合いを見るにはきちんとした写真かネットの画像を見るしかない。そして雫ちゃんはネット環境を持っていない。

じっと有野を見る。有野がため息をついた。ばれたか、と。

「……大丈夫、俺も本気じゃないよ」

たまたま家のリビングに置きっぱなしにしてたんだ、と有野が言った。

まだ誰も帰ってきてないと思ってノートパソコンを開いたまま、トイレに行った。そこへたまたま、部屋にいた雫ちゃんが飲み物を取りに降りてきた。

「たぶん、あの時だと思う」

他に、パソコンを開きっぱなしで置いてたことはないからと、有野はポケットからスマホを取り出した。パソコンからスマホへとアドレス送付をした、合法ハーブについて書かれたサイトを見せた。

「ちょっとだけ、親の前で〈いい子〉でばっかいるのに反抗したくなっただけ」

言いつつ、開いたサイトをアドレスごと削除していく。

「鋭いんだ、あいつ。ガキのくせして」

雫ちゃんはこのサボテンが良くないものだとわかったのだろう。だが同時に惹かれた。死後の世界と交われるという言葉に。それに、

「これが植わった鉢を自分が持ってるのを見れば、俺がドキリとして手を出さないと思ったんだろうな。ガキのくせして気をまわしすぎなんだよ、あいつ」

それから、「心配しなくても、手え出す度胸なんかないよ」と言った。

「……俺も、お守りが欲しかったんだと思う」

辛くなったら、いつでも逃げられるという現実逃避の先が。人の目も何も気にしなくていい、烏羽玉の闇が。

その感覚はわかる気がした。逃げ場は多いほどいいという感覚は。

那由多も別名でミニチュア模型のSNSアカウントを持っている。ネットのつながりに救いを求める時がある。

――そんな会話を有野と交わしたことを思い出して。

那由多は心を今に戻す。そして緋沙子さんを見る。ふと、緋沙子さんはどうしてサボテンに夢中になったのだろうと思った。

不思議な、何でもありの世界。

もしかして彼女も何かから逃げたい、そう思ったことがあったのだろうか。

雫ちゃんと有野の、互いを気づかってかえって気まずくなっている状態を話した時の緋沙子さんの顔は、那由多がそう思ってしまうくらい深い理解に満ちていたから。

第三話　音楽家の愛したサボテン

1

　薫風吹き渡る、五月の終わり。

　体力のすべてを出し切った体育祭も終わり、次の中間考査までは大きな学校行事もない。新学期以来ばたばたしていた那由多の学校生活もようやく落ち着き、少し気の抜けたスポッと穴に落ちたような空白期間になっていた日曜日のバイト中のことだった。

「何してるの、那由多君？」

「写真を撮ってるんです、サボテンの。ワークショップの宣伝に使えないかなって」

　受け持ちの開店作業も終わり、後はお客様を待つだけという時間。那由多がサボテンたちの写真を撮っていると、カウンターの奥にいた緋沙子さんがやってきた。

時刻は午前の十一時。観光客が土産店や雑貨店に殺到する忙しい時間にはまだ早い。外の通りの人影もまばらで、戦場だったGWが嘘のようだ。そんな中、那由多は暇な隙間時間を利用して、サボテンの魅力を伝えられる、紹介写真を撮ろうとしていた。

「GW中、けっこうテラリウム製作のお客様がいたでしょう？　で、どんなサボテンがあるか聞かれた時に店内を案内したら、他のお客様の邪魔になったりしたんですよね」

店内が混雑する時間帯だったので那由多も付きっ切りにはなれず、ワークショップ参加のお客様たちがゆっくりサボテンを選べなかった。

「で、思ったんです。喫茶店みたいに、写真付きのメニューみたいなのがあったらって」

もちろん、実際にテラリウムを作る時は自分の足で店内をめぐって、サボテンを選ぶ。だがその前に、テラリウムのだいたいのイメージを作る時に、座ったままゆっくり見られるサボテン一覧があると便利ではないかと思ったのだ。

「初めてのお客様だと、どのサボテンにどんな特徴があって、どんなふうに大きくなるかとか全くわからないでしょう？　花が咲くサボテンだったら花の画像を添えたり、育てやすさとか、原産地や名前の謂れとかマメ知識とかも書いておくと選びやすいかなって」

「なるほど。私、すでにサボテン知識があるディープなお客様ばかりの世界で育ったから、そういう発想はなかったなあ。自分がお客としてレストランに行く時は、普通に写真付きメニューに頼ってるのに」

緋沙子さんがうんうんとうなずく。

「じゃあ、スクラップブックみたいなのを作るってことね？」

「はい。数冊作って作業机においておけばいいかなって」

ついでに、テラリウムの作り方、作業過程も画像付きで載せておけば、お客様の戸惑いを減らせると思う。

「で、どうせならテラリウムになった時のことをイメージしやすいサボテン画像を撮りたくて。同じ撮るのでも正面からじゃなくて、上からとかだと見え方が違うでしょう？　だからいろいろな角度で試してるんです。やってみると楽しいですよ」

那由多はわざわざこのために持ち込んだ、一眼レフのデジタルカメラを掲げてみせた。貯めていたお年玉や入学お祝い金のすべてをつぎ込んだ那由多のとっておきだ。

ごつい見かけのカメラだが、購入してから今まで頻繁にＳＮＳ用画像を撮っているので、操作は慣れたものだ。撮れた風景付き模型画像はさすがの画質で、ネットにあげるとあっという間に閲覧数が伸びた。

ズームを使っての小人目線や、ミストを使っての雨の日の演出。それにライトをあてる時に茶色のセロハンや瓶、ビニールなどをかざせば、全体的に色合いが変わって、ソフトで加工しなくても夕暮れ時を再現できる。

そんな技巧を凝らした画像のストックを見せると、緋沙子さんが「うわ、楽しそう」と食いついた。

「私にもやらせて」

カメラを渡すと、緋沙子さんが子どものように夢中になってシャッターを切りはじめる。大好きなサボテンを前にしているせいもあるだろうが、緋沙子さんの目が生き生きして、眩しいくらいだ。

こういうところは大人の女性だけど微笑ましいと思う。店の帳簿付けをやりかけのままほったらかしにしているのはどうかと思うが。

そのまま何枚か撮って、満足のいくものができたのだろう。緋沙子さんがドヤ顔になって再生モードにしたカメラを那由多につきつけてきた。

「どう、那由多君？」

サボテンのアップだ。しかも那由多がさんざん写真映えするテクニックを伝授したのに、そういった技法を一切使っていない、真っ向勝負の正面からの一枚。

緋沙子さんは、この棘の陰影が、と、ご満悦だがサボテンはサボテンだ。

(うん、わかってた)

さりげなくカメラを回収して、またプリントアウトして持ってきます、と緋沙子さんに告げる。

「カフェみたいに黒板を通りに出して、そこに貼るのもいいかなって思うんですけど」

「いいね。うーちゃんとちーちゃんの横の木枠につければ二人が持ってるみたいになるかも」

「うーちゃんと、ちーちゃん？」

「うん、あの子たち」

緋沙子さんの目線の先にいるのは、戸口に番兵よろしく立つ二体の柱サボテンだ。

「……名前あったんですね、あの二つ」

相変わらずの緋沙子さんのサボテン愛。那由多がバイトに入った日にはいつも繰り返される、のどかなやり取りだ。

だが何かが足りない。

首を傾げつつ、那由多は何がいつもと違うのかと考える。

この店は植物販売店とはいえ、生花店のように毎日の仕入れがあるわけではない。商品の動きも少なめだ。だから毎日の開店作業にそこまで大きな変化はない。

本園で温室の手入れをした緋沙子さんが九時半頃にやってきて、サボテンたちのチェックをする。状態を確かめて、必要なら霧吹きで水をやり、鉢の向きを変え、調子の悪い子は本園に送り返すためにカウンター奥の専用棚に移動させる。

十時頃にやってきた那由多が一通り店内を掃除して、十時半になれば、お隣の店から聞こえる時報オルゴールに合わせて店を開ける。扉を全開にして番兵サボテンのうーちゃんとちーちゃんの鉢を表に出すと、扉脇の木枠に『OPEN』と書かれた木札を下げる。そこまでが繰り返し行われる一連の開店作業だ。

とはいえ、店を開けてもすぐにお客様がつめかけるわけではない。

緋沙子さんがゆっくりとレジに釣銭を入れて、那由多はカウンター奥の給湯室で朝一番のお疲れ様の紅茶を淹れる。その後は和やかに緋沙子さんと二人でお茶を飲みながら、今日は何人お客様が来るかなあ、と、商売店らしからぬ会話を交わすのがいつもの日曜で……と考えて。那由多は〈足りない物〉に思い至った。

「そういえば。今日は松枝さん、来てないんですね」

隣のアンティーク・オルゴール店の名物店長である、松枝さんのことだ。店員経験の浅い那由多と緋沙子さんにとっては師匠ともいうべき女性で、いつもなら開店直後のこの時間は、飴の入った巾着袋を手に、「一週間ぶりー、ナユ君ー」と、時間つぶしに現れるのに。

「いつも飴をもらってるから、今日はお返しにクッキーを焼いてきたんですけど」

無駄になっちゃったかな、と、那由多は袋詰めにしたクッキーをカウンター奥の私物入れから取り出した。後でこちらから隣にもっていくべきか。

すると緋沙子さんも、

「あら、奇遇。今日は私からもクッキーの差し入れがあるの。松枝さんが来たら一緒に食べようと思ってたんだけど」

と、カウンターの下から、紙袋を取り出した。見覚えのある袋だ。

「それってミッシェルバッハですか？」

「そうなの。昨日ね、仕事のついでがあったからって、白石先輩が持ってきてくれたの」

「京兄が？」

那由多は目を瞬かせた。

京兄は那由多にこの店を紹介してくれた年上の従兄で、今は伯父が所長を務める建築事務所で建築士として働いている。緋沙子さんとは大学時代の先輩後輩の間柄だとかで、北野にあるこの店のことも気にかけてくれている、面倒見のいいアニキだ。

だから、ついでがあればここに立ち寄るのもおかしくはないのだが。

（京兄がいる事務所って大阪だったよな。営業職でもないのに、なんでこっちに来たんだ主に現場に出る設計担当区域は京都と滋賀で、神戸に来るついでがあるとは思えない。しかも紙袋に入っているクッキーは。

「……これ、もしかしなくても〈夙川クッキーローゼ〉ですよね」

阪神間では老舗の洋菓子店ミッシェルバッハの看板商品だ。

サクッとした食感の花の形をしたクッキーで、生地はチョコとプレーンの二種。それぞれ中心にチョコレートとアプリコットジャムがのっている。素朴な昔ながらの味が絶妙で人気の品だが、手作りにこだわっているので量産ができない。予約は半年後まで埋まっていて、店頭販売分も開店前から並ばないと手に入らないという、ハードルの高いお菓子なのだ。かくいう那由多も噂に聞くだけで食したことはない。

(もしかして、この間、緋沙子さんの実家に行った時のこと、話したからかなろ)

先月、山本にある本園にお邪魔した時のことだ。母が坂上家への手土産にと、ミッシェルバッハのマドレーヌを買ってくれていたので、それを持参した。緋沙子さんのお母さんが喜んで、クッキーローゼも食べたいけど予約がいっぱいで手に入らないのよねえ、と話が弾んで、そのことをいつもの夜の報告会で京兄に話したが、もしやそれでか。

と、いうことは、

わざわざ夙川まで来て、他の客たちに混じって。

（並んだのか、京兄！）

「京兄ってすごいな……」

たぶん、他の顧客への手土産にもするつもりで複数買ったついでだろうが、そこまで相手への気配りができるなんて仕事人だ。ますます見習わなくてはと思う。

緋沙子さんはニコニコしながら、那由多君も休憩時間につまんでね、と軽く言っているが、いや、これは立ち食いなどせず、ゆっくり椅子に座ってお茶とともに楽しむべき貴重な焼き菓子だ。山本の御家族にもきちんと味見分を持ち帰らないといけないと思う。

緋沙子さんがずれているのはいつものことなので、せめて松枝さんに同意を得ようと思ったが、そうだった。今日に限って彼女はいないのだ。

「松枝さん、お店、忙しいのかな」

「そうじゃなくてね、昨日聞いたんだけど、今日はお隣、オーナーが見えるらしいの。だからじゃないかな。午前中は抜け出してくるのは無理かも」

「え、オーナーって松枝さんじゃなかったんですか」

「松枝さんは仕入れから何からすべてやってるあの店の主だけど、雇われて店を仕切っているだけで、あの店のオーナーさんじゃないらしいの」

雇われ店長というものらしい。

「と言っても私も松枝さんしか関係者は知らないというか、会ったことはないんだけど」

オーナーの吾妻徹さんは高齢で、数年前に、「自力では店を続けられなくなった、無念」と、当時から名物店員でパートさんたちの筆頭だった松枝さんに後を任せて、隠居したらしい。

「それでも去年までは月に二、三度は来てたそうなんだけど。今年に入って急に顔を出さなくなったなと思ったら、入院なさってたんですって。松枝さんから聞いたんだけど」

知らなかった。あまりに自然に松枝さんがあの店を仕切っていたから。

今日は主治医から外出許可が出たので、吾妻さんが久々に店に顔を出す予定なのだとか。

「病気なのに大丈夫なんですか？」

「病気は病気だけど、お年を召していろいろな症状が複合的に出てる感じで、寝たきりの重病というわけでもないらしいの。少し記憶の混乱があって、自宅じゃ危ないからって高齢者向けの介護医療院に入ってらっしゃるらしいけど」

それっていわゆるアルツハイマーとかそういう病気だろうか。それに病院もよく聞いてみると普通の病院ではなく、高齢者向けの老人ホームに近い感じの施設らしい。

「お隣のオーナー、そんなお歳なんですね」

「みたいね」

若い頃はプロの演奏家を目指して留学までしていた音楽好きな人だとかで、家業を継いで貿易会社を経営し始めてからも、副業として元町に楽譜や関連書籍も置いた大きな楽器店とか、ジャズクラブとかを開いていた趣味人らしい。

（すごいなあ、音楽愛好家かあ）

いや、この場合は音楽家、演奏家というべきか。那由多に音楽関係の知り合いはいない。なので、つい「大きな古時計」のＢＧＭとともに髭もじゃでステッキを手に椅子に座っているお爺さんを連想してしまった。

だが話を聞くと、それでか、と納得できるところがある。

お隣のアンティーク・オルゴール店〈吾妻音楽堂〉はイタリアのガッレリアにある店を模してあるとかで、華麗でありながら木と石の組み合わせが落ち着いた色合いを醸し出している、渋い造りだ。入り口近くの棚こそ観光客のお土産用に安価な大量生産品を置いているが、奥に行くと格が違ってくる。木目も艶やかな壁の棚には特注らしきガラスケースに入った、那由多の目からも年代物とわかるオルゴールや蓄音機が並んで輝いている。

手入れの状態もよかったし、あれだけの品を集めていたのだ。吾妻さんはプロの演奏家を目指していた音楽愛好家なだけでなく、かなりの収集家（コレクター）でもあるのだろう。

「せっかく来てらっしゃるんだから、後で挨拶に行きたくて。その間、那由多君を一人にしちゃうけど、大丈夫よね、すぐ隣だし」

「小さい子じゃないんですから、留守番くらいできますよ」

そんなことを話している時だった。遠く坂の上から、胸を不安にさせるサイレンの音が聞こえてきた。

「あれ、救急車？」

「事故でもあったのかな」

とか言っている間にサイレンの音はどんどん近づいて、店の前で止まった。何事、と様子をうかがうと、担架を抱えた救急隊員たちが隣の店に入っていく。野次馬が集まる中、心配げな顔で出てきたのは松枝さんだ。

彼女は毛布に包まれた誰かが横たわる担架に付き添うと、そのまま救急車に乗り込んで去っていった。見ると、店には『ＣＬＯＳＥＤ』の札がかかっている。

お客様が倒れたというなら、店を閉めてまでついていかないだろう。

「これって、もしかして……」

「うん、そうだと思う……」

オーナーの吾妻さんが、来店早々に倒れたらしい。

「そうなのよ、大変だったの」

何とかお店も終わった午後七時。店を閉めて帰ろうとした時、ずっと不在だった隣の店に明かりがついていたので、声をかけてみた。

すぐに扉を開けてくれた松枝さんがお疲れ顔だったので、「甘い物でも食べてください」と、クッキーの差し入れを渡すと、「ちょっと寄ってって」と招き入れてくれたのだ。いそいで仙寿園に戻って砂糖たっぷりの熱いミルクティーを淹れて持ってくる。松枝さんは、

「ありがとう、生き返るわ」

と、カップを受け取ってくれた。

「オーナーさん、入院なさってたって聞きましたけど」

「うん、でも発作を起こすような持病はなかったはずなのよねえ。杖はついてるけど、歩けてたし。久々の外出で疲れが出ちゃったのかしら」

タクシーに乗ってお店にきたオーナーの吾妻さんは、カウンターに座って少し話をしてから、「久しぶりに二階を覗くか」と、階段を上がろうとして急に胸を押さえて倒れてしまったそうだ。

言われて、那由多はカウンターの横手を見る。そこには赤いビロード地の緞帳が降りていた。劇場の仕切りみたいに真鍮のポールが立っていて、太めの赤いロープが張ってある。松枝さん曰く、その緞帳の向こうに階段があるそうだ。

「この店、二階があったんですね。上の階は全部マンションかと思ってました」

「うん。オーナーの趣味でね、ここの上だけホールっていうか、サロンが。オーナーが元気な頃は毎週末、そこでコンサートを開いてたのよ」

「え、コンサート⁉」

「そんな改まったものじゃなくて、無料の演奏会だけどね。知り合いのアマチュア音楽家を招いて演奏の場を提供したり、その日の気分でまったりオルゴールの演奏曲を聞いたり。たまに自宅からレコードを持ち込んで、蓄音機コンサートもやってたわ」

営利目的ではなく、純粋に皆で音楽を楽しもうという主旨で、突発で開いていたそうだ。そんな時はお店の扉を大きく開いて、無料コンサートをやっていますと、道行く観光客や近所の人たちを呼びこんで、皆で音楽の夕べを楽しんでいたらしい。

「それは素敵ですね」

「でしょ、那由多君もそう思うでしょ？」

松枝さんが身を乗り出す。

「私もできることなら演奏会を復活させたいのよ。オーナーみたいに音楽の素養はないし、雇われてるだけの店長だけど」

一人でゆっくり音楽を楽しむのもいいが、皆で一緒に同じ曲を聞くのは、臨場感や特別感もあってたまらないだろう。

松枝さんはオーナーが入院中と知って以来、定期的にお見舞いに行っているが、日に日に気が弱っていく彼を見て、できれば今日の来店時に、音楽の夕べを再現する許可をもらいたかったそうなのだ。

「昔を思い出して元気を出してもらえるかと思ったのよねえ。最近、記憶の混濁が激しくなってるって聞いたし。だけど勝手なことはできないのよね。私、一応この店を任されてるけど、それはこの一階部分だけ。しかも蓄音機とかコンサートに使えそうな高額なオルゴールとかは手入れ目的以外では触れちゃ駄目って、息子さんから言われてるし」

「息子さん？　どういうことですか？」

聞いてみると、オーナーには息子さんがいて、今はその人が社長職を継いで、この店や会社の管理をしているそうだ。

「だからオーナーが倒れてからは私も息子さんのほうと就業契約をむすんでるのよね。だけど息子さん、この店のことよく思ってなくて」

そもそもオーナーがこの店を松枝さんに任せるようになったのは、すでに一度、この店で倒れたことがあるかららしい。

その時も救急車で病院まで運ばれて、松枝さんがオーナーに付き添ったのだが、駆け付けた息子さんが父親に、もう店への出入りはやめてくれ、治療に専念してくれ、と、引退するように迫ったのだとか。

「お父さんの健康が大事なのはわかるけど、あそこまで厳しく言わなくてもって思ったわ。オーナーの生きがいって音楽なのに」

オーナーの記憶障害が悪化したのは、男の生きがいを取り上げて、無理やり病院に入れちゃったからよ、と松枝さんはぷんぷん怒っている。

「この店だって。ずーっとここにあるのよ。もうこの街の一部、顔って言っていいと思うの。なのに息子さん、さっき病院で会った時「赤字ではないが売り上げがよいわけでもない。父が趣味で続けていたような店だから、これを機に閉めるつもりです」なんて言うのよ。そりゃ、お父さんがこの店で二回も倒れちゃったわけだから、不快感もつのもわかるけど」

「お店、閉めちゃうんですか!?」

「今のままだとそうなるわね。息子さん、本業の会社のほうはきちんと継いでるけど、副業のほうは興味ないみたいなの。元町にあった楽器店も早々に処分しちゃったし」

吾妻オーナーの息子さんは会社経営者としての腕はいいが、趣味人としての音楽素養はないそうだ。なのでこの店も彼からすればただの父の道楽。やっかいなお荷物でしかないという。

「難しいよね。自分のすべてを継いでくれる後継者が、同じ物を愛してない場合って」

緋沙子さんがため息をつく。

「うちもそうだったもの。サボテンは私、造園業は兄と、すんなり家業を継げたみたいに見えるけど、実は祖父と私たちの間って、一代、父がはさまってるのよね」

あ、確かに。言われてみれば。

「うちの父、生まれも育ちも山本だけど、園芸にはまったく興味なくて。今も普通にサラリーマンやってるよ」

比較的早い内から緋沙子さんの兄が跡を継ぐ意思表示をしていたので、お爺さんがベテラン職人たちと一緒に、お兄さんに引き継げる日まで家業を守り続けてくれたそうだ。

「祖父はいい歳だけど、まだまだしゃんとしてるし、うちには昔から一緒に造園をやってくれてるベテランさんたちがいたからね。中継ぎも何とかなったけど。普通は難しいらしいよ。那由多君、前に私が言ってた友達のこと覚えてる？　薔薇愛好家の」

「ああ、はい。緋沙子さんの同志でしたね」

「彼女のとこも大変だったのよ。彼女、薔薇を扱う職に就きたかったけど、親に反対されて。今どき子が親の跡を継ぐ必要とかないと思うんだけど、そこの親って自分の代で苦労して会社を立ち上げた人だから、一人っ子の彼女にどうしても譲りたかったらしくて」

「へえ、社長令嬢だったんですか。いかにも薔薇を愛する女性に似合いそうな肩書ですね。でもそこまでもめたって、親御さんの会社って何の会社だったんですか？」

「外食チェーン。たこ焼きの」

「ああ……」

モノづくりという点では同じだが、薔薇栽培とは激しく方向性が違う。

「で、結局、彼女、会社は継がない、株主にだけなる。そのうえで薔薇を通して外食産業とはつながる。親が歳をとってどうしても無理になった時は、ベテラン社員に社長職は譲って、彼女が会長職につくってことで収まったんだけど」

今は薔薇をスイーツやランチに取り入れるといった、フードコーディネーターのようなことをしているそうだ。そして週末に思う存分、生産農家めいた栽培作業をして汗を流しているのだとか。

「……どこも大変ですね」

親のレールがあるのはいいことなのかどうなのか。改めて那由多は考える。

その時、扉を叩く音が聞こえた。松枝さんが、はいはい、と言いながら扉を開けると、そこにはきっちりスーツを着こなした、六十代くらいの男性が立っていた。

「父が杖を忘れたようなので」

言いつつ中に入ってきたのは、松枝さんのあわてた紹介によると、オーナーの吾妻徹さんの息子さんで、調(みつき)さんというそうだ。

彼は店内に踏み込むなり、いかにもお茶会の最中ですといったカウンターの上を見て、眉を顰めた。

「……とっくに終業時間は過ぎていると思うが」

「すみません、今日はいろいろあってご近所にも心配をかけたみたいなので、事情説明を」

「それをお茶を飲みながらやる必要はあるのかな。父が言うのであなたに任せているが、閉店作業が終わったら、即、退店してもらいたいものだな。光熱費だってただじゃない。この店を勝手に私物化しないでもらいたい」

そんな。お茶もクッキーも持ち込んだのは那由多だ。松枝さんはつきあってくれていただけで。思わず口を開きかけた那由多を押しとどめて、緋沙子さんが一歩前へ出る。

「こんな時刻まで松枝さんを引き留めて申し訳ありません。私、隣の店、仙寿園の店長をしております、坂上と申します。昼の騒ぎが気になったので何があったか松枝さんに事情を教えてもらっていました。こちらが強引におしかけただけで松枝さんに非はありません。ですので謝罪の必要があるのなら私がします。申し訳ありませんでした」

すぐ退店しますから、と言う緋沙子さんを見て、調さんが、

「ああ、君が、例の」

と、何がどう伝わっているのか、何かを納得したような顔をした。

「ここで会えたのは幸いだ。また改めて書面にして送るが、家賃のことで君に話があってね」

「家賃、ですか？」

「ああ。この店だけでなく、このビル自体が父の所有物ということは知っているね、店子なら。……だが、君は正規の店子じゃないね？」

「え」

「契約書を見ると、もともと隣の店を借りていたのは別の人物だ。それを又貸ししている。そんなことを許す契約事項はなかったはずだが」

そういえば仙寿園が入っている場所の本来の借主は、硝子工芸作家の涼川(すずかわ)さんという人

だった。

涼川さんは特に異議がなければ二年ごとに自動更新をする賃貸契約をオーナーと結んでいて、今も緋沙子さんの家賃を引いた差額分は涼川さんが払っているらしい。

「そんな真似をしたほうもしたほうだが、借りるほうも借りるほうだと思うが」

「そ、それはオーナーさんも了承済だと聞いています。オーナーは涼川さんの作品を気に入ってくださっていたので、また戻ってきて欲しい、その間、変な店子に入られるよりはと、快く許可をくれたと」

「それは私も聞いている。そこの部分からしておかしい。もともとここの運用は父が趣味でやっていたようなところがあるからね。元の家賃も相場よりかなり安くなってるんだよ。若い芸術家を育てるためと父は言っていたが……」

苦々しい顔をして言うと、調さんが居住まいを正した。そして通告する。

「私は父ほど甘くない。書面も交わさずに、なあなあで結ばれた賃貸契約など、近日中に専門家を交えて見直すつもりだ。その際に又貸しの問題や家賃の件もきっちり書面化するので、そのつもりでいてもらおう」

言って、堂々と去っていく調さん。残された松枝さんと緋沙子さんが蒼白になる。

なんということだ。オーナーの不調による閉店問題はお隣だけかと思っていたら、仙寿園にも飛び火した。

ピンチだ。

2

緋沙子さんが頭を抱えて計算をしている。

「……どう考えても、無理」

銀行の通帳やパソコンの帳簿を前に、緋沙子さんがカウンターに突っ伏した。

昨日のオーナーの息子、調さんの置き土産めいた台詞のせいだ。心配になって学校帰りに店に寄ってみた那由多は、緋沙子さんに「休憩してお茶でも飲みませんか」と声をかけた。現状、これくらいしか高校生の那由多にできることはない。

緋沙子さんは昨夜から家賃が相場まで上がった場合のシミュレーションをしている。やはり難しいらしい。もともと観光客が手に取りやすい一般的で小さな鉢植えという、単価の低い商品を置いていたのだ。賃料をあげられてしまえば、店の存続は危うい。

「試験的に出したお店で、この立地でやっていける展望なんて元からないと言えばない店だったんだけど……」

それでも緋沙子さんが手に入れたサボテン布教のための牙城で、最近は努力が実ったのか、お客も前よりは入るようになってきていたのに。

「ああ、もう、考えてもしょうがない」

緋沙子さんが冷めてしまった紅茶を一気飲みすると、音を立てて立ち上がった。

「那由多君、ちょうどサボテンの実があるの。お茶菓子がわりに試食してみない?」

本園のほうで採れた実だそうだ。契約騒動の渦中にある緋沙子さんを心配したのだろう。お兄さんがそっと弁当のおにぎりと一緒に持たせてくれたのだとか。だけど、

「試食って、料理は誰がするんですか。僕、さすがにサボテンの調理はしたことないですよ。ここの給湯室も器具や調味料はそろってないし」

「やあねえ、これは生のまま食べられるの。だから切るだけ」

見せられたのは、濃いピンク色をした、不思議な形の実だった。

「ドラゴンフルーツ、ですか」

存在は知っているが、高校生の身ではいくら家事を任されているといっても、こういった南国フルーツが置かれたスーパーのちょっと値段のお高い棚、ましてやフルーツ売り場のそれに手を伸ばすことはない。母も買ってきたことはないし、食べたことはなかった。

「洗って真っ二つに切るだけなら私でもできるもの。大きさは違うけど、サボテンの実を

割って種を採取するのならしょっちゅうやってるし」

それでも心配だったのか、お兄さんは件のサボテンの実に、ここで切るようにと、印を入れてくれていた。良かった。本当に良かった。

緋沙子さんが慎重に果物ナイフを入れて、ドラゴンフルーツを真っ二つにする。シャーベットかゼリーのように輝く赤い果肉がぎっしりと詰まっていて、キウイの種のような小さな黒い粒が点々と散っているのが見える。

「はい。食べてみて」

言われて、おそるおそるスプーンを入れる。ねっとりとした不思議な弾力だ。林檎みたいなサクサク感はないが、ゼリーのような感触を想像していたから意外と硬い。力を入れないとスプーンが入らない。そして肝心のお味は。

(……よくわからない)

恐れていたように苦かったり酸っぱかったりはしない。普通に食べられる。

ぷつぷつとした種の食感はキウイに近くてアクセントになる。だが果肉はキウイのように酸味と甘味がきいているわけでもなく、どう形容していいのかわからない。そのくせアボカドのように植物なのに妙に脂質的というのか、まったりとした後味が残る。

見た目から、甘くてすっきりしたシャーベットっぽい味と食感を期待してしまった分、落胆がひどい。

(これ、色合いとか見た目は美味しそうだから。中身だけくりぬいてシロップまぜて、シャーベットにしてからまた皮に詰め直したほうがいいんじゃないかな)

酸味も足りない。レモンでは少しきつい気がするので、マスカットとか他の果実の味をアクセントに混ぜてみるのもいいかもしれない。栄養はあるというし、色は文句なしに綺麗だ。アロエヨーグルトみたいに、調理次第では化けそうな気もする。可能性のある実だ。

「サボテン布教もかねて店で試食とかしてもらいたいんだけど、うちはあくまで観賞用サボテンの生産が主だから。提供できるほどの実は確保できないのよね」

せっかくの珍しい実なのにうまく気分転換できなかったのか、サボテン好きの緋沙子さんにしては珍しく、ドラゴンフルーツを食べやすいように切り分けながらため息をついている。それだけ店の将来が深刻なのだと思うと、那由多もまったりした果実が喉を通らなくなった。

そんな時だった。突然、店の電話が鳴った。

立ち上がり、受話器を耳にあてた緋沙子さんが、「え」と困惑した声を出す。小声でやり取りをした後、緋沙子さんが電話を切ってこちらを見た。その顔が強張っている。

「どうしよう、那由多君」

「どうしたんです、誰からの電話だったんですか、緋沙子さん」

あわてて聞くと、あのね、と前おきして、緋沙子さんが言った。

「オーナーのお孫さんって人がね、相談したいことがあるから、父には内緒で会えないかって」

……それは新展開だ。

いったい何の相談なのか。怖くなって、那由多は口内に残ったドラゴンフルーツをごくりと飲み込んだ。

約束の時刻。店に現れたオーナーのお孫さんという男性は、ふわふわくせ毛に眼鏡の、ひょろりと背の高い人だった。

吾妻律(りつ)さんという名前らしい。

京兄や緋沙子さんと同年代だと思うが若く見える。というか年齢不詳だ。白地に紺のボーダー柄カットソーにジーンズというラフな服装はあまり社会人に見えない。そのうえ、上にはおっているのは何故か白衣だ。

「……あの、お医者さん、なんですか?」

「え？」

那由多の質問の意図がわからなかったようだ。彼は首を傾げると、眼をぱちくりさせる。

そしてワンテンポおいてから、

「ああ、これ。この格好だからか」

と、大仰な身振りで自分が着る白衣を見下ろした。

「違うよ、うちは教授の意向で皆、目印代わりにこれ着てるだけ。この歳でちょっと恥ずかしいけど、僕、大学に残ってるんだ」

律さんは数学の研究をしていて、今、重要な局面を迎えているのだとか。が、昨日から祖父が倒れたりとばたばたして時間が押して、店で落ち合う約束の時刻のギリギリまで研究室に残っていたそうだ。で、遅刻しそうになってそのままの格好であわててやってきたらしい。

事情はわかった。わかったのだが……。

「……あの、白衣、裏表さかさまです」

「え、ほんと？」

「ついでに、下のカットソーも裏返しで」

どこか覚えがあるやり取りだなあ、と思いつつ那由多は突っ込んだ。この格好で電車に乗ってきたとは、緋沙子さんより恥ずかしい。

律さんは高校生に突っ込まれても怒りもせずに、

「あー、カットソーはともかく、白衣はボタンもついてるのにどうして間違えたかな」

と、その場で脱いで裏表を直し始めて、那由多はますます既視感を覚えた。しかも那由多が自己紹介をするといきなり食いついてきた。

「那由多？　まさかそれが君の名前⁉」

「……ええ、まあ」

「素晴らしい！　なんて良い名を付けてもらったんだ。親に感謝しないといけないよ」

まくしたてながら手を握ってくるところが天然そのもので、緋沙子さんとはまた違った意味で放っておけない感じの人だ。

とりあえず挨拶などが一段落して。

律さんには作業机についてもらって、お茶を出す。

彼は喉が渇いていたのか熱いのに一気飲みをして、おもむろに用件を切り出した。

「サボテンの曲を、探してるんです」

律さんの用件は、家賃のことではなかった。文字通り〈相談〉。サボテンのことで調べていることがあって、専門店の人なら知っているかもとやってきたそうだ。

ここ数年、大学にこもりきりで北野のお爺さんの店に顔を出さなかった律さんは、吾妻音楽堂の隣がサボテン専門店になっていることを、昨日、駆け付けた病院で松枝さんに聞いて初めて知ったのだとか。

「それで相談してみようという気になったんです。僕一人では手に負えなくて」

彼は言った。

「実は引退してからの祖父が時折、口ずさんでは、途中で思い出せないというように黙ってしまう曲があるんです」

その時の祖父の顔があまりに寂しそうで、律さんはその曲を全曲、彼に聞かせて、すっきりさせてあげたいのだという。

オーナーが時折、記憶障害を起こすことは松枝さんからも聞いたが、そういう状態になっている時は、童心に返るというか、楽しかった若かりし過去に意識を囚われてしまう感じらしい。そしてそういう状態の時にだけ口にするフレーズがあるそうだ。

オーナーが口ずさんだ時に急いでスマホで録音するのだが、律さんは父親と同じく音楽の素養がないせいか、聞くたびにフレーズが違うように聞こえて曲の特定ができない。

ならばネットで探そうと聞いてみると、オーナーは、「サボテンの曲」と答えたそうだ。

「でもそれだけじゃ何の曲かわからないんですよ。とりあえず、それっぽいタイトルのは全部聞かせたんですけど、違うって言うし」

律さんが言うので、那由多はスマホで検索してみた。サボテン、曲、で意外なことにいろいろヒットした。歌謡曲が多い。

「心がちゃんと今にある時もあるのでしょう？　その時に聞いてみたら」

「その時は、『サボテンの曲？　何だね、それは』って逆に質問されちゃうんです。祖父自身、そんな曲を口ずさんだことを覚えてなくて、意識にものぼっていないようで」

「心が過去に飛んでいる時限定の思い出の曲ということですか……」

「このところ加速度的に心が過去にある時間が長くなって。僕の顔がわからない時も多いんです。だけど心が多感な若い頃に返っているからか、よけいに思い出せない時の祖父の顔がせつなそうで、見ていられなくて」

律さんが苦しそうに顔をゆがめる。

「祖父は八年前に長い間連れ添った祖母を亡くしました。そこから一気に老けこんだんですけど、この上、大好きな曲まで思い出せないようになったら、さらに気力をなくしそうで」

オーナーと息子さんの仲は微妙だが、律さんとオーナーの関係は良好らしい。律さんは子どもの頃、夏休みなど長期休暇中は忙しいからと、父の手で祖父宅に預けられることが多く、お爺さんお婆さん子として育ったからだとか。

「思い出の曲と言うなら、僕と祖父にもあるんですよ。よく一緒に聞いた子供向けの曲が。でもそれじゃない。サボテンの曲を口ずさむ祖父は僕が知らない顔をしていて」

もしかしたら祖母のことを思い出しているのかも、と寂しそうに律さんが言う。病気のせい、年齢のせい。それはわかっているが、大切な相手の変化を傍で見続けるのはつらいだろう。

姿かたちは変わらない。声もそのまま。なのに中身だけが変わっていく。

そしてそれは時の経過とともにひどくなる。好転する見込みもない。見守り続けることしかできない。

それはどんな感じだろう。見ているほうは自分が忘れられていくのはつらいだろうし、記憶が混乱している本人も、自分の中の時と外の世界がちぐはぐになっていくのだ。きっと取り残された感じがして不安だろう。

「でも、その様子だと、タイトルにサボテンが入っている曲とは限らないかもしれませんね」

緋沙子さんが言った。

「サボテンを題材にした曲とか、歌詞にサボテンが出てくるとか」

「そうか、その可能性もあるのか」

「はたまたオーナーは演奏家を目指していたそうですし、サボテンを愛でている間に愛がほとばしって自分で作曲してしまった曲とか」

いや、最後の一つはない。

だがどうしよう。もしそうなら選択肢は無限に広がる。音楽に詳しくない自分たちに探しきれるだろうか。

「もしかしたらこちらの店で祖父がBGMにその曲を流していて、それを聞いておられたらって期待したんですけど。サボテンに詳しいとお聞きしたから」

「私がこの店を始めたのは春からで、その頃にはすでにオーナーは店には来ておられませんでしたから」

だったら松枝さんがいるではないか。律さんに聞いてみる。

「それが。彼女が記憶している祖父が店で流した曲はすべて試してみたんだけど、どれも違っていて。そもそもここにあるのはオルゴールばかりだから」

昔はレコードも置いてあったそうだが、松枝さんに店を任せる時に、オーナーがすべてのレコードを引き揚げてしまったらしい。

「だから松枝さんも知らないんです。店長になる前にあった店のレコード部門は他の人が管理してたし、コンサートの時は祖父がすべて仕切っていて、実物を扱ったことがないから」

オーナーがコンサートで流していた曲を何となく覚えていてもタイトルがわからないそうだ。

「ただ、僕は祖父が演奏家を目指していたというので、ずっとクラシックとかジャズとか限定で探してたんですけど、松枝さんに、『思い出の曲ってそんな物ばかりじゃないと思うわよ』って言われたんですよね。『そりゃ、あの時代に音大までいった人だもの、古典への造詣は深かったでしょうけど、若い頃はカラオケ喫茶の流しの演奏もやってたって聞いたことあるわよ。親に音楽の道を反対されて、半ば勘当状態でいろいろやったって。その頃に心に残った曲って可能性だってあるじゃない』って」

コンサートホールで演奏を聞くだけより、日常的に接触のあった人や店、そういった記憶と絡めて思い出の曲になっている場合のほうが多いと松枝さんは主張したそうだ。

「……そっか、その可能性はあるか。歴史の暗記とかも年号はサボテンの語呂合わせで覚えたりするし。人の記憶なんて何かとセットになってること多いもの」

「なら、たまたま入ったレストランでBGMで流れてた曲とかの可能性もありますよ。今、オーナーのお歳が八十代だったら、お若い頃ってどんな曲が流行ってたんでしょう。その頃の芸能人とかＣＭは？」

「あ、そうか。歌謡曲だけじゃなく、ドラマやバラエティ番組のＢＧＭとかのテレビ音楽やラジオ音楽もあるのか。えっとあの時代って、ビートルズとか？　学生運動とかオイルショックの世代になるのかな」

学校で習った日本の歴史と、オーナーの若かりし頃という身近な言葉が一致しない。どちらにしろ候補が多すぎる。片っ端から聞かせるのはオーナーも疲れてしまうから無理だ。

「せめて音楽の夕べが続いていたら、継続して通ってくれる人がいて、祖父が音楽に絡めて何か思い出話をしなかったか、話が聞けたかもなんですけど。祖父が残した名刺とか、店の顧客名簿とかを見て連絡してるんですけど、そちらもお歳を召された方が多くて」

転居したり入院したり、本人と話せることさえ稀でうまく聞き出せないらしい。

「後継者を育てられなかった悲劇ですね」

「それを言われると、足が遠のいていた僕は耳が痛いです。とにかく祖父にとってかけがえのない曲だったと思うんです。僕には音楽鑑賞の趣味はないけど、愛する数字に置き換えたら、大切に思う気持ち、思い出せないもどかしさはわかるから」

そう言う律さんの顔は寂しそうで、やはり放っておけなくて。

とにかく、サボテンに造詣が深く、オーナーに歳が近そうな緋沙子さんのお爺さんに聞いてみようということで話は落ち着いた。

「うちの祖父、結婚が早かったからまだ七十代だけど。八十も七十も同じようなものだし」

と、緋沙子さんが、七十、八十代の人が聞いたら怒り出しそうな大雑把な括り方をして、時間も遅くなったし、律さんとは一旦別れることになった。

が。その次の日、事態はまた急変する。律さんから店へ電話連絡が入ったと、緋沙子さんがメールで教えてくれたのだ。

「祖父の部屋にサボテンがあるのを見つけたんです」

興奮気味な口調だったそうだ。人任せにばかりするのも悪いと思い、「整理したい」という口実で父親から鍵を借りて、祖父宅を探したのだとか。そして、見つけたと。

「もしかしたら手がかりになるかもしれない。見に来てくれませんか」

そう、彼は言ったらしい。

オーナーの家は垂水(たるみ)区にあった。

同じ神戸市内だが西寄りに位置する区で、広々とした海を見下ろす南斜面は大正期の避暑地のようなレトロな雰囲気があった。

何となく、オーナーが北野に店を構えた理由がわかる気がする。垂水区塩屋(しおや)のこの辺りは、古い存在感のある建物が多い。北野の異人館街に少し似ている。

「そういえば、海外の有名な賞とった映画って、この辺りで撮影してましたよね」

確か、旧グッゲンハイム邸だったか。

神戸市は朝ドラなどのドラマや映画など、ロケ撮影の支援を行っている。雰囲気に合う撮影場所の紹介やエキストラの斡旋、各種手続きなどのサポートをしているらしい。なので神戸にはエキストラを演じることに慣れた市民ボランティアも多い。

「建築物だったら那由多君、詳しいんじゃない？」

「古い建物は母が専門ですね」

古民家再生や、レトロな鉄筋建築を店舗などに改装するのを得意としている。

阪神間は個人宅だけでなく企業の旧社屋など、木造、コンクリート製を問わず、古き良き時代の建物が多い。だが寄る年波には勝てず、取り壊しが進んでいるのが現状だ。最近でも尼崎市の某会社の元社屋や宝塚市のホテルなどが取り壊し対象になっている。

「耐震強度や維持費の問題がありますから無理もないんですけど。惜しいと思います」

重要文化財として申請して助成金を受け取る手もあるが、そうなると一般公開の義務や自由に改築できないなど制約がかかる。二の足を踏む人が多い。

「祖父のような、蓄音機なんて骨董品を愛する人が少なくなってるのと同じですね。一度、消えてしまえば復元はかなり難しいんでしょうけど」

そういえば新聞か何かで、ポツダム宣言が記されたこともある紙が、後継者不足から製法が途絶えるかもという記事を見た気がする。

前にも一度、途絶えたことがあるのだが、その時には苦労して技を復元した夫婦がいた。が、その方々もお年を召して後継者が現れなかったからとか。

きっと他にもたくさん消えていく技や物はあるのだろうと思う。

そのせいだろうか。案内された家を見て、残したい、と思ってしまった。

オーナーの家は崖上に立つ、広いサンルームと長崎のグラバー邸にも似たコロニアル風のバルコニーが美しい、見事な洋館だったのだ。律さんが家の壁に手を当てて言う。

「ここも父が取り壊すって言うんです。私が継ぐって言ってるんですけど」

まともな職にもついていない学生の身でどうやって維持する、と一喝されて終わりだったとか。確かに継いだからには管理しなくてはならない。

建物は無人になって一年未満でそこまで荒れていない。が、庭は手が回らなかったのだろう。草が伸び放題だ。見かねた律さんの父親が年に数回、庭師を入れていたそうだが、追いつかないのだ。

「逆に言うと、僕が社会人として独立できたら、この家を継いでもいいと言ってくれてるんですけどね」

釣りの餌ですよ、と律さんは言う。律さんの父親はいつまでも大学に残っている律さんにいい想いを抱いておらず、早く定職につけとせっついているらしい。

そんなことを話しながら、屋内に案内される。

「これが電話で話したサボテンです」

開かれた扉の内側を見て、那由多は絶句した。

「これは……」

全部、枯れている。

そこには数鉢の、元は柱サボテンだったんだろうな、という那由多の背ほどもあるサボテンの残骸があった。

律さんは、祖父はこれらを見ながら曲想を練ったり、例のサボテンの曲を聞いたりしていたのではないでしょうか、と興奮しているが、一体いつ枯れたものか。鉢にも土にも埃が積もって、サボテンの乾ききった表皮がべりべりに裂けて、中も空洞になっている。どれだけ放置すればこうなるのか。

思わず緋沙子さんと一緒に非難の視線を律さんに向けてしまう。律さんがあわてた。

「ぼ、僕が枯らしたわけじゃないですよ。ここ数年、この家には入ってなかったから、そういう意味では枯らしたのは僕だけど……」

これらのサボテンはもともとオーナーが奥様から引き継いだものだそうだ。律さんの祖母、オーナーの奥様は園芸というか自給自足めいた暮らしが趣味で、庭を丁寧に整えて、家庭菜園をつくっていたのだとか。

「キュウリのピクルスとか茄子の漬物とかよくもらいましたよ。ジャムや梅干にする実をとるための果樹とか、料理や染色に使うハーブも植えてあったんです」

自分が育てた植物で、何かを作るのが好きな人だったそうだ。

「今でも覚えています。祖母が作った干し柿を、『世界で一番おいしい』って言いながら嬉しそうに食べてた祖父の姿を。幼い僕にとって二人は理想の夫婦でした」

律さんが懐かしそうに目を細めて、那由多の脳裏に、料理を作る奥様とそれをにこにこしながら見守るオーナーの、仲の良い老夫婦の姿が浮かんだ。手作りと音楽鑑賞。趣味は違うけれど、二人は最高の相性のコンビだったのだ。

「けど、十年ほど前に祖母が入院することになって、祖父が後の世話を任されたんですけど」

庭木も鉢植えも見事に枯らして、かろうじて丈夫なサボテンだけが残ったらしい。それでサボテンだけは大事に室内に置いていたのだが、それも祖母が亡くなり、オーナーが気力をなくしてどんどん枯れていったのだとか。

「でも、捨てられなかったみたいで」

「……代替わりの、悲しさですね」

緋沙子さんが悲痛な顔で枯れたサボテンに触れる。

「他の人からすればただの物でも、大切にする人から見ればそれは家族なんです。だけどそれがわかっていても、世話の仕方を知らない人が受け継いでしまえば、想いはどうであれこうなってしまいます。……愛好家って哀しい生き物ですよね。自分のコレクションを継いでくれる誰かがいればいいけれど、そうでない場合は悲惨で。心配で死にきれない」

所有者の問題だけでない。火事や天災、大切な物を損ねる敵は無数にいる。

「私だって災害のニュースが流れると、サボテンたちを避難所につれていけるか真剣に悩みますから。店や温室に残したまま自分だけ避難なんてできません」

いや、サボテンたちを避難させるのはどう考えても無理だろう。あの数は。

「もし温室が火事になったら。私は皆の制止を振り切って、炎の中に彼らを救いに飛び込むと思います」

「緋沙子さん、それ、良い子は真似をしてはいけません的発言ですから」

この人ならやりかねない。那由多はいそいで止める。

でも……。わかる気もする。

那由多だって丹精込めて作ったミニチュアが炎にまかれたら、きっと取りに帰ろうとする。もう一度作ればいい、そんな問題ではないのだ。今までに苦労して集めた資料や機材のことも。もしもを考えるとそわそわしてくる。

「特にサボテンなど植物や生き物は大変です。愛好家が突然意識を失って入院、後を誰にも託せなかったような時は、世話をする人がいなくて死んでしまうんですから」

「孝明さんもそうでしたね。緋沙子さんが世話をすると言ったらすごく喜んでましたし」

「孝明さんのあのサボテンたち、あれも知り合いから譲り受けたものだそうよ」

孝明さんは小さな時からサボテンが好きで、近所に住むお爺さんの温室を覗きに行くような子どもだったらしい。が、そのお爺さんが腰を痛め娘夫婦と同居することになって、集めたサボテンたちを連れていけず孝明さんに託した。

ちょうど大学生になっていた孝明さんはサボテンたちを引き取るためにも実家を出て部屋を借りた。と、いうのが孝明さんの大量の群生たちの事情らしい。

「それを聞いて納得したの。あの年齢であそこまで見事なサボテンたちを集めるのは大変だもの」

「そのお爺さん、お店に売るとかしなかったんですね」

「大事なサボテンたちだから、知らない人に譲るより、確実に大切にしてくれる人に託したかったのよ。それが愛好家よ。私だってたまにレジにサボテンを持ってこられた時に、『この人には売りたくない』って思っちゃう時があるもの」

「それは店主としてやってはいけない事ですからね、緋沙子さん」

わかってるわよ、と少しむくれてから、緋沙子さんが憂いに満ちた顔をする。

「とにかく。代替わりとか、引っ越しとか。やっかいなのよ。それでどれだけの貴重な品が失われたか」

蒐集品（しゅうしゅうひん）とは、好きな人からすれば宝物でも、興味のない人からすればただのゴミだ。

「まだサボテンは数日もつからいいほうだけど。毎日、水をあげる蘭とかは大変だと思うわ。いつ、自分に何があってもいいように用意だけはしておかないと」

「そう思うと緋沙子さんの家はお祖父さん、安心ですね。家業はお兄さんが、サボテンは緋沙子さんが継いでくれたんですから」

前に緋沙子さんが言っていた、せっかく親の敷いたレールと自分のしたいことが一致するなんて奇跡みたいな偶然が起こったんだもの、という言葉が実感となって迫ってくる。

「律さんは店を継げとか、収蔵品を頼むとか言われないんですか」

「音楽に興味ないのは祖父も知ってるから。何も言わない。それがよけいに寂しいんだ」

孫の負担になっては、と考えたのだろう。好きにしていいと言われているらしい。

自由でいいなとは思うけど、お爺さん子の律さんからすると、期待していない、と拒絶されたように感じるという。

「北野の店にあるオーナーのコレクション、店を閉める時にはせめて愛好家の手に渡るように、ネットオークションにかけるとか、ちゃんと価値のわかる業者に預けるとかできたらいいですね」

しみじみ言って、探索を開始する。当初の目的を忘れてはいけない。

律さんの許可をとって、緋沙子さんが部屋を調べ始める。サボテンが置かれていた部屋はオーナーの私室らしい。くつろぐ時に使っていた書斎兼趣味室のような部屋らしく、音楽関係の書籍や普段よく演奏していたのだろう楽器などが置いてある。

やがて緋沙子さんが引き出しから、何か小さな箱を取り出した。波打つ赤と白で色分けして、レトロなアルファベットを配置してあるそれをじっと見て、緋沙子さんが言った。

「……わかりました」

「え？」

「オーナーが何故、サボテンの曲、と言われたのか」

すごい。もうわかったのか。律さんも驚いている。

だがわかったにしては寂しげな顔をして、緋沙子さんが言った。

「でも、オーナーが聞きたがっている曲が何かは、わかりません」

どういうこと？　那由多は首を傾げた。

3

「蓄音機、ですか」

「はい。北野のお店だけでなく、この家にも置いてありませんか？」

言われて、律さんが、答える。

「そういえば。昔、祖父は家でも蓄音機でレコードを聞いていたような」

その頃は律さんもまだ子どもで、旧い品で壊れやすいからと触らせてもらえなかったそうだ。

「まだ家のどこかに置いてあるはずです」

律さんが言って、皆で探す。あった。

一部屋丸ごと、コレクションルームと化している部屋があった。

壁は一面キャビネットになっていて、硝子張りになった棚には大きいものから小さいものまで、北野の店とは別格の旧いオルゴールや蓄音機が並んでいる。律さんが、

「ここは子どもは立ち入り禁止だったんです。だから知らなかったけど、すごいな。祖父がこんなコレクションを持っていたなんて」

驚いて見回している。

「きっとレコードもあるはずです」

緋沙子さんが言って、律さんが棚を片っ端から開けていく。硝子張りになった棚の下方、一見、クローゼットタイプに見えた部分は扉を開けると引き出しになっていて、そこにはずらりと古いレコードが入っていた。

「これですね。うわ、いっぱいある……」

「昔は北野のあの店でも売ってたんだよ。でも需要が無くてやめちゃって。それを持ち帰った分もあると思う」

律さんが言うが、凄い量だ。しみじみと緋沙子さんが言った。

「もう売り場はなくなっても、処分できなかったんですね」

長らくこの部屋には誰も入っていない。だがきっちりと引き出しにしまわれたレコードの数々はまだまだ使用に耐えられそうだった。

緋沙子さんが言った。

「オーナーが口ずさんでおられる曲はこのうちのどれかだとは思うのですけど、残念ながら特定はできません。ここから先は当時のオーナーと奥様を知る人でないと」

オーナーと、奥様？

首を傾げる那由多に緋沙子さんが差し出したのは、さっきのサボテン部屋で見つけた小さな箱だ。見ると品名かキャッチコピーらしき〈THE DAVEY ROLLRIGHT〉とあり、その下にやや小さめに、〈THORN NEEDLE SHARPENER〉と書かれている。

「これはレコード針を研磨する機械なんです」

「レコード針？」

「はい。オーナーが言った、サボテンの曲、というのは、サボテンを原料とした針で奏でたレコード曲という意味なんです。その証拠に、これがあった引き出しにはサボテン針を自力で加工するための用具が揃っていました。乾燥した加工前のサボテンの棘も」

私、蓄音機には詳しくないのですけど、と前おきして、緋沙子さんが説明してくれる。

レコードは円盤に掘った溝に音楽信号が刻まれていて、凸凹していたり左右で溝の形が異なったりしているそうだ。そこをレコード針が走ることによって振動を拾い、増幅して人の耳に届けているのだとか。

「レコード針に使う素材には、鉄の他に竹やサボテンなど植物由来の物もあるんです」

ただし、金属の針と違って植物製の針は一回使えば、先が磨滅して使えなくなる。なので専用の削り器で先を削るか、新しい針と交換しないといけないらしい。

そして現在、サボテン素材のソーン針はワシントン条約により入手が困難。ネットオークションや店舗の在庫の奥から見つけて入手できたとしても、一本、数百円から千円くらいするので、マニア向けなのだという。

試しにネットで検索してみる。

驚いた。蓄音機のレコード針の素材は、硝子や鹿の角、クジラの牙、陶、などなど多彩だった。しかも形がハート形だったり、何本も針を組み合わせた玩具みたいな不思議な形だったりと変わったものがたくさんある。そしてそれぞれで使用可能な回数が違う。

「もちろん素材によっては一回ずつ削らなくてもいい針もあります。それでも植物製の針の需要があるのは、金属製の針と植物製の針とでは、音の固さが違うかららしいんです」

通なら聞けばわかるそうだ。

ここら辺は緋沙子さんも違いがよくわからないのだとか。私、音楽には疎くて、と困った顔をしている。

「それでもサボテン絡みだから、小耳にはさんだことがあります。サボテンを使ったソーン針はマニアの間でも人気なのだと」

素材が柔らかい分、音量は鉄針と比べると劣るが、竹針とも違った、独特な音色を奏でるらしい。演奏家を目指していたほどの人なら、当然、違いがわかっていただろう、と緋沙子さんが言う。

「きっとソーン針が奏でる音を気に入ってらっしゃったのだと思います。ざっと部屋を見たところ、他の素材の針はサンプル程度の数しかおいてありませんでしたから」

だがソーン針を日常的に使いたくとも、輸入禁止になり入手は困難だ。

「そこでオーナーは家にあるサボテンで自作しようとしたのでしょう。その証拠があの枯れたサボテンたち。ただ、ソーン針は入手困難になったとはいえ、お金を出す気さえあれば購入も可能です。オーナーはお金には困ってらっしゃらなかったようですし」

では何故、わざわざ作る必要のない物を作ったか。

ここからは推測ですが、と緋沙子さんが前おきして、話を続けた。

「レコード針の素材がサボテンの棘だと知って、奥様が『あら、じゃあ私にも作れるかしら』とおっしゃったのではないでしょうか。ご自分が育てた植物から何かを作るのがお好きな方であれば、毎日世話をしているサボテンたちの立派な棘に気づかないわけがありません」

手作りを楽しむ妻。本業を息子にまかせ、音楽の世界を楽しんでいた夫。

妻が育てていたサボテンと、夫が丹精込めて整備していた蓄音機。その二つが奇跡的に重なったのだ。

昼は共にサボテンの棘を収穫し、夜はゆっくりとその棘を使った針で音楽を楽しむ。

二人で作った物が、二人で楽しむ音楽鑑賞に役立つ。

これほど贅沢で心豊かになれることはないと、二人は喜び、手を取り合ったのではないか。そして一日の仕事が終わった夜に奏でられるレコード曲は、二人のその日の気分や季節を反映して、様々な物が選択されていたのではないか。

「だから、聞くたびにフレーズが違っていたのか……」

律さんがつぶやいた。

きっと律さんが聞かせた曲の中にも奥様と聞いた思い出の曲は混じっていたのだろう。

だがそれはオーナーの求めた曲ではなかった。演奏家志望で蓄音機の収集家でもあるオーナーは当然、耳も鋭く、同じ曲でもデジタル再生されたものと、ソーン針の蓄音機で再生したものでは明らかに音が違うと耳が判断してしまう。

そして部屋にあるサボテンの枯れ具合や、このソーン針シャープナーの古び方からして

ここ数年、使われた痕跡がないのは。

「……祖母が亡くなったからかもしれません」

それまでは蓄音機が奏でる曲をよく聞いていたオーナー。だが最愛の人の死ですべてが音を失ってしまったのだ。

針を作ることをやめ、店からもレコードを引き上げてしまった。

「祖母が元気な頃は店でコンサートを開く時も夫婦そろってだったんです。祖父が曲について語る横で、祖母がにこにこしながら集まったお客様にお茶を出したりしてましたから。祖母が庭のハーブでつくったハーブティーを」

前に松枝さんにコンサートで祖父がかけていた曲のことを聞いたら、祖父が倒れる前の数年は蓄音機ではなく、オルゴールの演奏会ばかりだった、と言われました、と、律さんはぽつりとこぼした。

つまりオーナーは奥様が亡くなってから、蓄音機の音楽を奏でていない。

だったら、オーナーが思い出せずにいるのは。思い出したがっているのは、曲自体ではなく……、

「奥様と二人で過ごした、幸せな時間、なのでしょうね」

緋沙子さんが言って、律さんが鼻をすすり上げる。

どうしよう。泣けてきた。

美しい夫婦愛が切なすぎる。

先に旅立った奥様、おいていかれたオーナー。もう会えない二人。

いくら心を過去へと飛ばしたオーナーが再会を望んでも、律さんがそんな祖父を切なく思っても、それは叶えてあげることはできない。ここにいるのは皆、神ではなくただの人だから。過去へとオーナーを戻してあげることはできない。でも、それでも、

「幸せな時を思い起こせる音楽だけなら、なんとかなるかもしれません」

緋沙子さんが言った。

「これだけレコードがあると曲名を一つには絞れません。ですから思い出せる限りの御夫婦が好きだった曲を、店長の松枝さんとお孫さんの律さんに思い出してもらって、オーナーの前でソーン針を使い、奏でてみたら」

記憶が蘇るかもしれない。

工具はある。サボテンは緋沙子さんなら用意できる。ただ、

「何度も言いますが、私はレコード針に関しては素人です。サボテンの針は天然ものです

からそれぞれ太さも違いますし、どう削るのがよいかは手探りで」

それに、

「サボテン針はレコードの一面を奏でると先がすり減って、もう使えません」

シャープナーがあるので削れば何度か使えるだろうが、何回使用可能かは緋沙子さんも知らないそうだ。

材質や太さなどによって音色が変わるレコード針。しかも一面一針が原則の世界。

オーナーは音楽愛好家で耳が良い。

これはかなり難しいミッションだ。だが、

「数打てばあたるって言葉、ありましたよね」

那由多は言った。どんなソーン針がレコード針に適しているかわからないのなら、あらゆる種類の針をつくってみればいい。そしてここには大量のレコード盤がある。このどれかに思い出の曲は必ずあるはずなのだ。

私たちで作ってみませんか、と緋沙子さんも言った。

「その試行錯誤の話も込みで、オーナーにお届けするのはどうでしょう」

オーナーとその奥様。彼らが生み出した新しい命の線、その先にいる孫の律さん。幼い頃、長期休暇は二人と共に暮らした律さんが作った新しいエピソードを、懐かしいサボテン針の音楽をまとわせて、思い出とともに再現する。それはオーナーと奥様に捧げる最高の贈り物ではないだろうか。

律さんは失敗と手間を恐れず、うなずいてくれた。佳境に入っている研究を保留にしないといけないのに、決意を込めて言う。

「やりましょう。いえ、やらせてください」

そして期待を込めて緋沙子さんを見る。緋沙子さんもまた那由多のほうを見て、そして言った。

「では、作ってみますか」

次の週の放課後。那由多は山本にある千寿園にお邪魔した。

今日は北野の店が定休日なので、先に作業に入っていた緋沙子さんが手順を説明してくれる。朝から一緒に作業しているという律さんも「植物にふれるなんて、祖母の手伝いをしてトマトを収穫して以来ですよ」と軍手に麦わら帽子、首にはタオルがけで頑張っている。季節はまだ五月だが、それでも温室の中は窓を全開にしてあっても暑いのだ。

「使えるサボテンはやはり柱サボテンでしょうね。長く、真っすぐな棘をもち、栽培も比較的容易となると、青緑柱（せいりょくちゅう）、近衛（このえ）あたりを業者さんは使っていたのでしょう。オーナーの部屋にあったのも、青緑柱でしたし」

だから青緑柱でつくってみよう、と緋沙子さんは言った。

青緑柱、つまり柱サボテンは西部劇にもよく出てくる、円筒形のサボテンだ。

サボテンの棘は葉が変化したものといわれていて、刺座というところから生えている。サボテンの種類によって生える棘の形状や数はまちまち。一つの刺座から、形状の違う複数の針が規則正しく生える。

「多いのは、幾本かの太い針が中央に生え、その周りを細い針が取り囲むタイプですね。太いものを中刺、細いものを縁刺（へりさし）、と呼びます」

もちろんサボテンの中には、中刺がない物や、中刺しか生えない物、はたまた中刺がなく縁刺とふわふわ髭のような柔らかな棘が生えている物などさまざまだ。

そういえば、緋沙子さんと同じ名を持つサボテンは、針が紅色と白の二種類あってなかなかにぎやかだった。孝明さんの部屋にあった群生サボテンたちも、棘というよりは白く短い毛にもこもこ覆われていた気がする。

ちなみにサボテンの棘は外敵から身を守るためのものかと思ったら、それだけではないらしい。

「あまり雨の降らないところに自生する子たちは、いっぱいに伸ばした棘につく水分を集めたりするの」

「ああ、それであんなふわふわ長い棘もあるんですね」

「他にも日差しを遮るための棘や、枯れ草に擬態して敵の目を欺くためのものや。棘の先がフックになっていて、繁殖のために動物の毛にくっついて移動するっていう変わり種もいるのよ」

サボテンの形状にはすべて意味があるのだと、緋沙子さんが力説する。先月、雫ちゃんが買い求めたペヨーテの場合は、棘らしき棘もなく、体も柔らかいが、その代わりに体内に有毒のアルカロイド成分を含むことで外敵から身を守っているらしい。

「そして、このサボテンは針を人に利用されることによって守ってもらえると」

言って、緋沙子さんが棘を採取してみせる。

このサボテンも進化の段階でまさかそこまで読んだわけではないだろうが、人とサボテンは共存関係にあるのだなと思う。

一通り説明と実演が終わったので、緋沙子さんが那由多に鋏を渡して、担当区域を教えてくれる。

「この列のサボテンをお願いね」

「うわあ、何本あるんですか」

温室の片隅に、ずらりと並んだ柱サボテンたち。壮観だ。柱サボテンは比較的、世話がしやすく、サイズが大きくて見栄えがするので、お店のディスプレイやインテリアに人気で、園内ストックもたくさんあるらしい。

「棘は取り方さえ間違えなければまた生えてくるけど時間はかかるし、不揃いになった株は売り物にできないから。ここにある大きすぎて買い手が見つかりそうにない子と、接ぎ木に使う子たちから分けてもらうことにしたの」

一か所から大量に取るのではなく、一本ずついろいろな場所から取ってくれと言われた。

「なるべく株の負担を減らしたいの。神社の屋根とかに使う檜皮(ひわだ)だってそうでしょ。たくさんの木から少しずつ、木の負担にならないようにはぎとるの」

収穫した針は丁寧に陰干しして使うそうだ。

三人そろってせっせと無言で針を収穫していく。何となく、カニを食べる時のことを思い出した。口がふさがっているわけでもないのに、何故か無口になる、あれだ。

針を取り終えて、緋沙子さんが用意してくれた風通しの良い棚に丁寧に並べる。

今日の作業はここまで。後はこれらの棘が乾燥してからでないと細工できない。

けっこう時間がかかったので、那由多は急いで家に帰ることにする。緋沙子さんのお母さんが一緒に夕食を食べて行けばと誘ってくれたが、明日も学校があるから長居はできない。それに今日は両親が遅くなる日なので、夕食を作っておかないと。

送っていくと言ってくれた緋沙子さんの申し出を断り、律さんと共に駅に向かう。女性に夜の送迎をさせるわけにはいかない。これでも二人とも男なのだ。

律さんはこれから大学に戻るそうだ。そしてその後、もう一度オーナーの家に行って、所蔵レコードの目録を作るのだとか。

「松枝さんにしぼってもらうにしても、リストがないとね」

松枝さんにはソーン針で演奏された曲でなくてもいいので、スマホで曲を聞いてもらって、覚えのあるものを順に選曲していく予定だとか。

「那由多君、手伝ってくれてありがとう。次の招集がかかるまで学業に専念してね」

律さんに見送られて、最寄り駅で降りる。

途中、駅前のスーパーで足りない食材を買い込んで、家への坂を急いで上がる。今夜のメニューは丼もの。手抜きだが、我慢してもらおう。出汁をきかせた優しい味の玉ねぎ多めの親子丼なら、夜遅くに疲れて帰ってくる親たちの胃にも優しいだろう。ところが、

「なんだ、那由多。今日は遅かったな」

家に帰りつくと、父がいた。顧客との約束がキャンセルになったとかで、予定外に早く

戻れたらしい。

「お前、こんな時間までどうした。学校か？」

「ううん、バイト」

本当はこの手伝い部分だけは無給のボランティアだが、そこは黙って、レコード針をつくりに特別に山本まで行っていると言うと、父が眉をひそめた。

「山本か……後学のために通うのはいいが、今は控えたほうがいいんじゃないか？」

「どうして？」

「どうしてって、お前、もうすぐ中間テストだろう」

「あ」

父が立っているのは、忙しくてすれ違いになりやすい一家のための連絡ボードの前だ。那由多の学校の月間予定表もしっかり貼ってある。

「わかってると思うが、成績が下がるようならバイトは辞めてもらうぞ」

「え、どうして」

「当たり前だろう、お前はまだ学生なんだから」

学生の本分は学業。先を見すぎて今こけたらどうする、と言われると、親父だってバイトを薦めてたじゃないかとは反論できない。

那由多の学校は教師も生徒も中等部からの持ち上がりだ。入学から卒業まで同じ教師陣で見守りますというのが学校のモットーだが、こういう時に困る。那由多の成績や学習態度は知られてしまっている。手を抜けば確実にばれる。親が気づかなくても、三者面談の時にばらされてしまうだろう。

父はしごくまっとうなことを言っているのだが、一族の圧力を感じてしまった。特に何も言わない親たちだけど、それなりのレベルの大学に進学することを望まれていることはひしひしと伝わってくる。

「社会勉強も大事だが、進級のほうが優先順位は高いだろう。先方はもともと独りでやってたんだし、お前みたいなたまにしかシフトに入らない半人前がいなくなってもそんなに困らないだろうよ」

胸に刺さる言葉だ。

仕入れやサボテンの世話は毎日、緋沙子さんが一人でやっているし、那由多は未だに見習いポジションだ。足手まといになっているなと思う時まである。

（……せっかく、針作りとか、仕事覚えておもしろくなってきたとこだったのに）

二週間も店に行けないことになる。少しはバイトがいなくて困ったりしてくれるだろうか。いや、緋沙子さんのことだ。美味しいお茶を淹れてくれる子がいない、困った、という扱いかもしれない。テスト明け、店に行ったら「那由多君、待ってたよー」と、嬉しそうに紅茶ポットをもって駆け寄ってきそうだ。

それはそれで可愛いし、仙寿園のお茶担当としては誇らしい限りだが。

嬉しいような落ち込むような。もやもやしてしまって。

(うう、集中できない)

父に言われたこともあり、おとなしく机の前に座っていた那由多は、ふう、と息を吐くと開いたノートの上に突っ伏した。手を伸ばしてスマホを引き寄せる。自然と指は緋沙子さんへとメッセージを打ち込んでいた。

別に勉強をさぼっているわけではない。バイトとして店長に、しばらく行けないということを伝える義務があるからだ。

するとすぐに、『今、いい?』と折り返しの電話がかかってきた。

「緋沙子さん⁉」

スマホからもれた生の声に、あわてて立ち上がる。番号は交換していたが、メッセージで事足りる用件ばかりだったので、電話がかかってきたのは初めてだ。

「すみません、針作りのこと。勝手して……」

部屋をうろうろ歩き回りながら謝る。せっかくの初電話がこんな内容でなんだか悔しい。

事情を説明すると、緋沙子さんが『しょうがないね』と言った。あっさり納得されたのが寂しい。戦力外と言われたようで。でも、

「緋沙子さん？」

『……ん、ごめん』

少しの沈黙の後、緋沙子さんが言った。

『いつも一人でやってるんだし、前と変わらないのに、日曜一人で乗り切れるかな、寂しいなって思っちゃった』

「え」

『いつの間にか那由多君がいてくれるのが当たり前になってたんだねえ』

変だよね、日曜しか来てもらってないのに、と笑って、通話が切れた。

『テスト頑張って』と最後にささやいて。

……何だろう。のぼせたみたいに頭に血がのぼっている。

那由多は歩みを止めた。そのまま横向きにばたんとベッドに倒れこむ。沈黙したスマホを見る。何も変化は起こらない。緋沙子さんからの追加メッセージはない。しばらく待ったが、落ち着かなくてクラスメイトの有野にメッセージを送る。

さっきのやり取りのことは言いたいような、言いたくないような。

複雑だったので、緋沙子さんの手伝いをできなくなったことだけを打ち込む。

先月、ペヨーテのことでいろいろあったので、有野には結局、バイトのことはばれている。友情に誓って他の皆には言わないと言ってくれたので、安心して愚痴を言える。

有野は、

『しょーがないよ。俺も部活休みになってるし』

『そのレコード針とやらのことは心配するな、俺がついてる』

と、返してきてくれた。

何がどう、俺がついてる、なのかはわからないが、元気な励ましが心強い。

頑張ろうと、やる気が戻ってきた。

那由多は、よし、と気合を入れると立ち上がった。机に向かう。複雑怪奇なサボテンの世界とは違って、頑張れば必ず答えにたどり着けるはずの問題集が待っていた。

それから、二週間後。

無事、中間考査の終わった那由多は、土曜日の学校帰りにいつもの北野坂を急ぎ足で上っていた。日曜まで待ちきれない。

テストは得意教科の山が当たって総合順位は落とさずに済んだ。が、父の目があることは自覚した。次のテストも頑張らないとバイト継続は難しいかもしれない。

それでも、テストは終わったのだ。

足は真っすぐに緋沙子さんの店へと向かっていた。

レコード針の件はどうなっただろう。店の家賃や契約のことは？　それ以上にあのほんわかした笑顔に会いたい。寂しいと言ってくれた彼女に元気な姿を見せたい。

「お疲れ様です。白石那由多、復活しました！」

店の扉を開けるなり、宣言する。

「おめでとう、那由多君！」

作業机前に座っていた緋沙子さんは、相変わらずのサボテン同志愛で両腕を広げて、ウエルカム、と歓迎してくれた。試験明けハイで思わずそこへ飛び込みそうになって、那由多は踏みとどまった。気になっていた針のことを聞くと、緋沙子さんが「ドヤあ」という顔をして、自分の前を示した。

ずらりと爪楊枝よりも細く小さなサボテン針が並んでいる。

「緋沙子さん、頑張ったんですねえ……」

「でしょう。今は最終チェックも兼ねて、針先の削り具合を確かめてるところ」

作業机に座った緋沙子さんの前に並ぶソーン針は、百本以上はあるだろうか。素人の那由多から見ると見事な出来で、緋沙子さんがどれだけ苦労したかわかる気がした。作業を途中放棄したことが本当に悔しい。自分も作りたかった。

「すみません、肝心の人手がいる時に、僕……」

「謝らなくていいのよ、学生は学業が本分っていうお父様の言葉は正しいもの。それに人手のほうもいいの。実は強力な助っ人が現れたのよ」

緋沙子さんが振り返るのと同時のタイミングで、カウンター奥の給湯室から現れたのは、紅茶カップののったお盆を持った可愛い小学生の女の子だった。

雫ちゃんだ。

北野の街まで出てきたからか、今日も少しフォーマルな装いをしている。

まさかこんなところで会うとは思わず、那由多は驚きのあまり裏返った声を出していた。

「え、どうして雫ちゃんがここに？」

「……陽お兄ちゃんから聞いたから。代わり」

言いつつ、雫ちゃんが相変わらずのむすっとした顔で、紅茶の入ったカップを作業机の上に置く。

陽お兄ちゃん、とは有野のことだ。那由多がテスト勉強で針を作りに行けないと聞いたから、代わりに雫ちゃんをよこしてくれたということか？

（もしかして、これが「俺がついてる」ってこと？）

まだ小学生の妹を働かせるのはどうかと思ったが、緋沙子さんの説明と、雫ちゃんの少ない言葉からすると、雫ちゃんは友達づくりの練習のために、有野に薦められてここに来たそうだ。なるべくいろいろな人に接させて対人スキルを上げようという、有野の作戦らしい。

「陽お兄ちゃんに言っといて。よけいなことしてくれなくても、私、自分で動けるからって」

雫ちゃんがぷいと顔を背けて言う。

有野にレコード針のことを聞いた時、雫ちゃんは有野に言われるまでもなく、手伝いに来るつもりだったらしい。

「借りっぱなしって、嫌だから」

先月のペヨーテのことだろうか。気にしなくていいのに。相変わらず冷たい雫ちゃんだ。

有野の前では素直ないい子らしいが、家ではどんな顔をしてしゃべっているのだろう。

つい、雫ちゃんの顔を凝視してしまって、何？　とさらに冷ややかな目で見返された。

緋沙子さんがにこにこしながら言う。

「雫ちゃんね、まだ小さいのに紅茶淹れるのすごくうまいの。那由多君、冷めないうちに飲んでみて」

緋沙子さんに薦められたので、雫ちゃんが淹れてくれた紅茶を飲んでみる。

「え……」

那由多は目を見張った。反射的に雫ちゃんを見ると、彼女はそっぽを向いたまま「これくらい、誰でもできるから」と言った。

「定量入ったティーバッグだし」

「え、これ、ティーバッグなの？　だったらよけいにすごいよ。香りがしっかり出てるのに、渋みが出てない」

紅茶に関する那由多の持論だが、ティーバッグの紅茶を淹れるほうが腕の違いが出ると思うのだ。何しろティーバッグの紅茶はすぐに成分が溶け出すように葉を細かくしてある。なので目測を誤りやすいのだ。袋によって抽出時間は違うのに、ついついお湯に出た色で「これくらいでいいかな」と判断して茶葉を引きあげてしまう。結果、早すぎたり遅すぎたり。紅茶の味を損ねてしまうことが多いのだ。

なのに雫ちゃんの紅茶は絶妙なバランスを保っている。熟練の技だ。母子二人暮らしで、洋子さんが夜勤もある看護師さんだったから、雫ちゃんは家事全般ができると有野から自慢されたが、まだ小学三年生でこれはすごい。

「雫ちゃん、むちゃくちゃ美味しいよ」

素直に褒めると雫ちゃんもまんざらではなかったのか、いつものポーカーフェイスが少しほころんで……。

「あ」

驚いた。

(何だ、こんな顔、できるんじゃないか)

普段とのギャップが凄い。思わず目を見張ると、緋沙子さんが言った。

「それにしても那由多君、いいところに来たわ」

「え?」

「今日ね、さっそく音楽の夕べ、再開第一弾をやろうって話してたのよ」

はい? 何ですか、それは。

「那由多君にも来て欲しかったけど、テストがあるから連絡しづらくて。雫ちゃんから今日には終わるって聞いたから、もしかしたら来てくれるかなって期待はしてたけど」

もし那由多が来なかったら、那由多不在のままコンサートを開くつもりだったらしい。おいていかれた感が半端ない。

「今日のコンサートはいわばプロトタイプで。評判とか聞いていろいろブラッシュアップして、二回目、三回目と完成度を上げていくつもりだから。今日が無理でも、その時なら那由多君にも来てもらえるだろうから、次に来てくれた時に話そうと思ってたの。だから今日来てくれてラッキーだったよ」

「そうですか……」

にこにこ喜んでいる緋沙子さんを見ると、薄情とは言えない。

（いや、こんなものか。僕、ただのバイトだし……）

緋沙子さんの隣に助手よろしく収まっている雫ちゃんを見ると、寂しさが増した。挽回したい気持ちがこみあげる。お茶淹れポジションまで失っては悲しすぎる。

那由多は制服のブレザーを脱いだ。シャツを腕まくりして、やる気を示す。

「遅れましたが、不肖白石那由多、コンサートの準備、手伝いますから！」

那由多は宣言した。

小学生に負けてはいられない。

4

北野の街に黄昏の色が満ちる。

どこからともなく現れては消える、人の影。家路を急ぐ人や、名残惜しいとばかりにホテルへ帰る前に街を散策する観光客たち。そんな彼らに、声をかけるマダムがいる。

「今夕、蓄音機コンサートを開きます。無料ですのでよろしければお越しください」

松枝さんだ。昔、やっていたのと同じに、彼女が主体になって、音楽の夕べの告知を行う。

オーナーが昔やっていた通りに、突発で、店の扉を開いて。無料コンサートを行います、どなたでもどうぞと観光客を呼び込んで。

コンサートを開くのは数年ぶりだ。それでも覚えてくれている人はいた。

「おや、再開したんですか」

「いいですねえ、このご時世、心が温もりますよ」

常連だった近所の人たちも口伝てで聞いて集まってくる。皆、昔を懐かしむ顔をして、口元には笑みを浮かべている。人が集まらなかったらどうしようと思ったが、続々とお客様が入ってくる。オーナーの席も設けているし、密になりすぎないように椅子同士の距離も離しているので、会場はすぐに定員いっぱいだ。

那由多は誘導係だ。吾妻音楽堂の扉内に控えて、現れる客人たちを二階に通じる階段へと導く。人いきれが高まって、皆の期待がどんどん増していくのがわかる。那由多までわくわくしてきた。

そこへテスト明け後、さっそく参加していた部活を終えた有野もやってきた。制服姿で、堂々と大きなスポーツバッグを肩から提げている。

そのバッグを預かりながら、知った顔の登場に、那由多はほっとして話しかける。初めてのコンサートに少し緊張していたようだ。

「有野、来てくれたんだ」

「当然だろ。俺の妹の作った針のお披露目会だぜ？」

有野が胸を張る。いや、雫ちゃんの成果を何故、君が自慢する。針を作ったのは雫ちゃんだけでなく律さんや緋沙子さんもだし、そもそも今日の主役は音楽。針も重要だが、すでにごちゃ混ぜになって、どれが誰の作った物かはわからなくなっている。

ドヤ顔で二階へと消えていく有野を見送りつつ乾いた笑みを浮かべていると、これまた馴染みの声が聞こえてきた。

「那由多、頑張ってるな」

京兄だ。

差し入れだろうか。誰に渡すつもりなのか、大きな花束を持っての登場だ。

気配りの人、京兄は事前に緋沙子さんから今夜のことを聞いていたらしい。試験的に行う突発コンサートなのに、ご丁寧に花屋から花籠も届けてくれている。

京兄はスマートな動作で花束をカウンターに置くと、先に届いて入り口近くに飾られていた花籠を、邪魔にならず、かつ見栄えのするところに並べ直している。配達の花屋さんが置いた位置ではおさまりが悪かったらしい。

それから、スタッフよろしく那由多の隣に立つ。

お客様ではなく、助っ人として呼ばれたのかな、と、首を傾げていた那由多だが、すぐに変化に気がついた。店内に吸い込まれる女性客が増えている。彼女たちの目線の先には、にこやかな笑みを浮かべた京兄がいて。

(もしかして。京兄が常時、店にいたら、ディスプレイに凝らなくても、売り上げ伸びるんじゃ……)

イケメンは強い。

というか、有野といい京兄といい、何故コンサートがあることを知っている。憮然とした那由多を、雫ちゃんを二階で見つけられずに降りてきた有野が、肘でつっつく。

「おい、白石。隣の人、誰だ？」

「俺の従兄。京っていうんだ」

「従兄⁉ あんま似てない、ていうか、オーラが半端じゃない人だな」

初めて京兄を見る有野が感心したように言う。無理もないと思う。いつも完璧な京兄だが、今日はまた特別にかっこいい。仕事帰りらしく、ことさらお洒落をしているわけではないのだが、さりげない仕草や、身に着けた小物の馴染み具合が憎らしいくらいにいけているのだ。

二階へとお客様を誘導する時に、伸ばした腕。その時にジャケットの袖からちらりと覗く、カフスと腕時計の煌めき。今どき、時刻確認なんてスマホでできるのに、初心を忘れないようにと京兄が初ボーナスで買った時計だ。

「だから安物なんだ」

と言っていたが、銘柄にうとい那由多でも大人なブランドの品なんだろうな、と思える存在感があって、那由多は自分も初ボーナスをもらったら購入したいと思った。

カウンター奥でお茶の用意をしていた雫ちゃんを見つけて手を振りながら、有野がまた囁いてくる。

「なあ、もしかして京さんって、店長の彼氏？」

「え」

「だってお似合いじゃん。だから白石をここに紹介したんだろ？」

「それは……」

考えてもみなかった。それが自然なのだけど。突然の問いに何故かうろたえていると、雫ちゃんがいつも以上に冷たい目で那由多を見る。そして有野の腕を引っ張った。

「陽兄（ようにい）、早く上に行こ」

「え？　おい、こら、雫。すまん、白石、じゃあ、また後で」

引っ張られて、有野が会場に消えていく。それを見て京兄が、「那由多の知り合いか？」と、くすりと笑った。有野は制服姿だから、同級生なのは丸わかりだ。うなずくと、京兄が、「小さくても女の子だな」と言った。意味がよくわからなくて、「京兄？」と問い直す。

「気づかなかったのか、那由多。あの子、大事なお兄さんを独り占めしたくて、お前を牽制したんだよ」

言われて、はっとした。京兄にはお客様のプライベートになるからと、夜の報告会でもペヨーテの一件は話していない。が、世慣れた京兄の言うことだ。正解の可能性はかなり高いはず。

（え？　え？　雫ちゃん、ブラコンだったの……？）

いつの間にそこまで仲良くなったのだろう。

微笑ましいというか、有野が知ったら喜びそうだ。

ついニマニマ笑っていると、「何、何、何の話」と目を輝かせた松枝さんがコンサート告知を終えて店内に戻ってきた。

この人に知られると話が大げさになってしまう。雫ちゃんにまたへそを曲げられたら大変なので、那由多はあわてて、何でもないです、と話をごまかす。

そこへ律さんもやってきた。

店の前にタクシーで乗り付けて、塩屋のオーナー宅から運んできたオーナーの奥様お手製のクッションを降ろしている。今日の律さんは主催者。ホスト役ということで、ちょっとフォーマル気味の洒落たジャケットを着ている。だけど、

「あの、ジャケット裏表さかさまです」

「え、ほんと？」

初夏向けの薄手のタイプだが、どうやってこんなものを裏返しにできるのだろう。かえって凄い才能かもしれないと思いながら、律さんがジャケットを着直すのを手伝う。下のワイシャツは幸いなことに裏返しではなかった。よかった。

だがこういったやり取りを見たのは初めてなのだろう。京兄があわてた。

「ちょっ、こっちで着直したほうが。ここには女性もいるのだから」

律さんをカウンター奥のプライベートスペースへ引っ張っていく。そういえば松枝さんがいた。気安い仲だしうっかりしていた。男子校育ちが出てしまう。というか、前は緋沙子さんの前で堂々と律さんを着替えさせてしまったような……。

身支度を終えた律さんが、表に待たせている車へひざ掛けの入った箱を取りに行って、その隙に京兄が聞いてきた。

「さっきの彼が律君か？　良く店に来るのか？」

「うーん、どうだろ。最近、テスト勉強で僕、店に来てなかったから。今回は音楽の夕べの主催者だから来ただけかも。普段は大学に行ってるよ」

そこへまたタクシーが横付けされて、一時外出を認められたオーナーがやってくる。念のためか、私服姿の看護師さんも付き添っていた。

そんなオーナーの前に松枝さんが進み出て、にっこり笑うと、往年のキャッチフレーズを口にした。

「どうです、無料コンサートをやってるんです。よかったらのぞいていきませんか？」

オーナーの眼が丸くなる。

そして嬉しそうに眼を細めて、彼はうなずいた。

階上ではすでに律さんが、どうやって父親から許可をとったのか、オーナーのコレクションである蓄音機の設置を行っている。

階段を上るのは京兄と律さんに支えてもらって、特等席の椅子に腰を降ろしたオーナーは、ちょうど過去に心がとんでいる状態らしい。状況がよくわかっていないようだったが、音楽の夕べのことは覚えているらしく、嬉しそうだった。

コンサートが始まった。

集まった観客たちを前に、律さんが挨拶をして、今から演奏する曲の名を告げる。そして一礼すると、この日のために伝手を頼って蓄音機の愛好家の元まで勉強しに行ったという彼が、慎重に針をレコード盤の上へと降ろした。

雑音の混じる静寂が部屋中に流れ出す。

そして、生まれる音の波。

黄金のトランペットのような蓄音機のホーンの奥から、次から次へと音階が溢れる。

重厚な音、繊細な音、はるか昔に収録された音色が今に甦り、つめかけた人々を楽しませようと弾ける。会場を満たす。

那由多は初めて聞く蓄音機の音に心を惹きつけられた。

ああ、これがオーナーの求めていた音なのか。

一音、一音が体の奥底に響く。耳から入って脳を揺さぶり、音とは空気の振動であるということを教えてくれる。

もちろん最新のデジタル再生に慣れた耳からすれば、不快な雑音が混じる音だ。時折、針が飛んだのだろう、途切れるところもあるし、くぐもるところもある。

でも……

(なんだろう、懐かしい……)

蓄音機での演奏なんて初めて聞いたのに、セピア色に染まった光景が目に浮かぶような。

那由多は自然と目をつむっていた。音に全身を預けて、その煌めきを追う。

人々のざわめき、シガレットの匂い。時の向こうへトリップしたような不思議な感覚。

今、自分が着ているのは学校の制服で、いるのは北野にある吾妻音楽堂だ。なのに紳士淑女に混ざってレトロなダンスホールにいるような気分になる。

たくさんの人たち、弾ける笑顔、それに煌めく音たち。優雅な珈琲の香り。

特別な世界がそこにはあった。

那由多は、ああ、と思った。脳裏に世界が浮かぶ。曲が終わったら、元の時代に戻ったら、自宅においているテラリウムに星を加えよう。もっともっとたくさんの煌めく星たちを。それだけじゃない。輝く砂もちりばめよう。今、脳裏に浮かぶ光景をとどめるために。会場に集った皆が曲に酔いしれていた。誰も口を開かない。身動き一つしない。ただただ全身で音を受け止める。

オーナーの頬を涙が伝った。

「この音だ……」

心を今に戻した老人が、過去の自分をも取り戻して泣いていた。

その隣に立って、肩に手をおいた律さんの頬にも涙が光っていた。

コンサートが終わって。

それぞれの家や駅を目指すお客様たちや一足先に帰る雫ちゃんと有野、それにタクシーに乗り込むオーナーと看護師さん、それと念のためつき添う松枝さんを店の外へ見送って、緋沙子さんと律さん、それに京兄と那由多とで店内に戻る。

皆、神戸から大阪方面に向かう途上に家があるので、京兄がまとめて車で送ると言ってくれたメンバーだ。なので電車の時間は気にせずゆっくりできる。
松枝さんから鍵は預かっているが、二階の片付けもあるし、少し休憩もしたい。何より
まだコンサートの余韻が残っている。心がしびれて、もう少しここにとどまりたかった。
緋沙子さんと律さんも同じ気持ちだったのだろう。それぞれカウンターや椅子に腰かけ
て、しばし、ぼうっとする。
「……たぶん、オーナーが感動してくださったのは、優しさ、にだと思います」
しばらくして、緋沙子さんが場の雰囲気を壊さないように、小さく言った。
「私、サボテンのことなら任せてって言ったけど、蓄音機の針に関しては素人だから」
手作業でつくられた針は一本一本、太さが微妙に違う。レコード自体も劣化していたか
もしれない。それに部屋の音響だって。昔、オーナーと奥様が準備した時のように完璧に
はできなかったはずだ。
「感動してくださったのは確かでしょう。でも、音にではない。きっと大好きな孫や皆と
ともに聞いた、そのことがオーナーの心を動かしたのだと思います。繊細な耳を持つオー
ナーが同じ音、と言い切れるだけの針を提供できたとは思えません。ただ」
だからこそ、針をたくさん作ったのだと緋沙子さんは言った。
「あれだけあれば奇跡の一本があるかもしれません。それをすべて試してもらうには、オ

ーナーにはまだまだ元気でいてもらわないと。もし今日、渡した針の中に正解の針がなくても、私、また新しく作りますから」

今度こそ音の再現性でも感動させましょう。と緋沙子さんが雄々しく言って、熱くなった那由多は、「なら、今度こそ僕も針削り、参加します」と言いかけて、黙った。

父親の顔を思い出したのだ。

渋い顔をしていると、こういう時だけ鋭い緋沙子さんが聞いてきた。

「そういえば那由多君、中間テストどうだったの？」

「う」

「店長としては気になるのよね。成績落ちたら私のせいかもって。お父さん、那由多君には進学して欲しいって思ってるんでしょう？」

これからどうする？　と、緋沙子さんが聞いてきた。

「学校に特例として届けてまでバイトさせてたけど。うちの店って知っての通り存亡の危機だし、もともとお客様が少ないし。那由多君の希望の、新たな人との接点を作る場としては弱いのよね」

実はね、反省したの、と緋沙子さんが言った。

「那由多君からしばらくバイトを休むって連絡があって。ああ、お父様に心配かけたんだなって。学生をバイトに使ってるのに、店長として全然気配りできてなかったなってやっと気づいたの」

だからこちらからの連絡はやめておこうと思って、コンサートのお誘いもしなかったの、と、緋沙子さんが言う。

それを聞いて、那由多はごくりと息をのんだ。

何だ、この人は。こちらのことを気にしていたから連絡しなかったたって？　彼女からしたら何でもない言葉なのだろうけど、心に刺さりまくりだ。

（ああもう、それって殺し文句じゃないか）

だってそれって本当は傍にいて欲しいけど、那由多の将来を考えて、遠慮してくれていただけ、ということではないか。

必要、とされていたのだ。こんな未熟な自分でも。

テスト前に感じた寂しさが那由多の胸から消えていく。

「……十分、僕の世界をつくるのに役に立ってますよ、緋沙子さんのお店」

やっとのことで那由多は言った。

「僕、有野みたいに活動的なタイプじゃないから。いっぱいお客様の来る賑やかなお店じゃやってけないと思うし。仙寿園って緋沙子さんのこだわりがあるからか、ただの売買だけじゃない、深いお付き合いのできるお客様も来てくれるし」

正直に言って、この店に勤めていなかったら、雫ちゃんのような自分の居場所というか、終の住処が欲しいなんて考え方は理解できなかっただろうし、律さんの依頼がなかったら、受け継ぐ物に込める想いというものも知らないままだっただろう。

「すごく、僕の世界、広がってます」

ただのバイトなのに。お客様の背景を考えられるようになった。それだけでも緋沙子さんは凄い店長だと思う。それに、まだこの店にお客を呼び込むためのミニチュアを作れていないのだ。今、やめるなんてできない。

店の存続問題のことはどうしようもないし、学業をおろそかにはできない。けど、それでも、許される限りの時間、自分はこの店に勤めたい。もっといろいろな人と交わりたい。

那由多がぐっと手を握りしめて力説すると、京兄に耳打ちされた律さんが、「へえ。那由多君の家って建築一家なんだ」と言った。

「そっかあ、家業を継ぐかどうかって由々しい問題だよねえ。わかるよ」

そこで、あ、ちょうどいいや、報告するよとにっこり笑った。

「吾妻音楽堂、親父が閉めるって松枝さんに言ったみたいだけど、それ、没になったから」

「え」

「僕が継ぐことになったから。それを条件に、あの蓄音機の使用許可がおりたんだ」

「それって……」

「そんな顔しないで、那由多君。別に僕は犠牲になったわけじゃないよ。君たちと一緒にサボテンの曲を探して、音楽に興味が出てきたからちょうどいいんだ」

それに数学をやめるわけじゃないしね、と律さんは言った。

「大学に籍をおかせてもらうのは無理かもしれないけど。定休日とかに、研究室に差し入れにいって話すくらいならできるだろうし。数式解くなら紙とペンがあればいいし、思索ならどこでもできるし」

律さんが店舗経営に興味をもった、それだけで親父さんも大喜びだそうだ。

「それどころか、うちの父、僕が職に就く気になったのは、松枝さんと隣の店長のおかげだからって、仙寿園の家賃も据え置きにするって言ってたよ。またあの店長に伝えておけって言ってた。自分で言えばって言ったんだけど、そんなささいなことでいちいちあんなところまで行けるかって言われて」

今夜のコンサートも誘ったけど来なかったらしい。

何だろう。あの厳めしい人が背を向けて「ふん」と言っている映像が脳裏に浮かんだ。

ツンデレか。

「僕自身も接客業なんて初めてだし、松枝さんにはぜひいてもらわなきゃいけない。となるとね、音楽堂の店員が一人増えるわけだから、暇な時間だって増えるんだよ。だから那由多君、僕でよければ、勉強、見てあげられるよ」

「……それは嬉しいですけど。僕が来るのは日曜だけで、店を留守にできないし」

「それなら大丈夫」

ちょっと手を貸して、と言われて、一階の壁際に置かれた戸棚を空にする。律さんが京兄にも手伝わせて、よいしょと動かした棚の後ろには、大きな両開きの扉があった。

「これって……」

「うん。境の扉。隣の仙寿園とつながってるよ」

にこにこ顔で律さんが言う。

「あちら側にも戸棚が置いてあるから、それをどかせば自由に行き来できるよ。お客様が来たらすぐに行けるから、店番をしつつこっちで勉強もできるでしょ。ここと隣の店は続き部屋で、元は一つの店だったから」

「え」

「構造上、壁が必要で区切ってあったけど、元はどちらも吾妻音楽堂で、最盛期はあちらにオルゴール、こっちにレコードを置いてたんだ」

それが徐々に売り場を縮小して、隣の店は人に貸すことにしたのだとか。だがもしかしたらまた一つの店として使うかもしれないから、扉を外して壁にしてしまうのではなく、両側から戸棚でふさぐことを納得の上で涼川さんが借りたらしい。

「その分、家賃も安くしてたらしいよ。だから棚を取っ払えば、元通り両方の店を行き来できるようになるよ」

そうすれば新米店長同士、協力しやすいでしょう、仲良くしてね、と律さんが言ったところに京兄が割り込んできた。

「ちょっと待て。いきなりそんな設定が出てくるのにも突っ込みたいが、それよりも棚を動かすって、こっちの店はともかく、仙寿園のほうは元の借主からは現状維持の約束で借りてるんだ。だからそんな変更は加えられない」

「あ、それは大丈夫。別に改築するわけじゃないから。祖父も、うん、って言うよ」

「どうしてここで君の祖父が出てくる」

「だってこのビルのオーナー、祖父だから」

知らなかったらしい京兄が、「え」と、目を丸くしている。そういえば家賃云々のことは京兄には話していなかった。面倒見のいい京兄が気に病んだら困るなと思ったから。

「で、僕、この店を継ぐことになったから。ついでだからオーナー名義も切り替えようって父も祖父も言ってて。だから僕が了承すればば大丈夫。　涼川さんも事情を話せば、うん、って言ってくれるよ」

「き、聞いてないぞ！」

京兄が緋沙子さんと律さんを交互に見て、頭を抱えた。ここまでくればさすがの那由多も薄々気づく。

何故、京兄が緋沙子さんとこの店のことを気にするのか。妙に律さんを警戒しているのはどうしてか。

（京兄、もしや、もしかして……）

バイトに入った日は必ず連絡してきたのは。

なんだろう。頼れる兄貴と、今まで憧れ、見上げるだけだった京兄が、急に等身大の、自分の隣にいる普通の男の人になったような。

その感覚が、自分が少し成長したせいだと、那由多はまだ気づいていない。

緋沙子さんも律さんも京兄の苦悩の意味には気づかず、きょとんとしている。

外の街路を、降り出した小雨が濡らしていく。今は五月の終わり。もうすぐ梅雨。そしてそれが明ければ季節はもう夏。恋の季節だ。

にぎやかになりそうな、予感がした。

エピローグ　僕のサボテンテラリウム

那由多が初めて、それを完成させたのは、夏も終わりに近づいた、とある日の午後のことだった。

「それが那由多君のテラリウム？」

「はい。これが僕のテラリウムです」

緋沙子さんの確認に、那由多は胸を張って答える。

律さんのおかげで無事、仙寿園の存続が決まり、吾妻音楽堂と簡単に行き来できるようになったので松枝さんどころか、体調が好転した前オーナーまでもが店に出入りするようになり。律さんに勉強を見てもらうようになった那由多の成績は上がり、前よりも足繁く京兄も通ってくるようになった、そんな夏の日のこと。

那由多の背後、大通りに面した窓の内側には、壮大なパノラマが広がっていた。

手前には白い砂を散らして海辺を再現した。そして神戸の象徴たるポートタワーに丸いかまぼこみたいなメリケンパークホテル、海洋博物館のモニュメント。そして山に見立てた棚の段を徐々に登っていくと、いまではもう名前も覚えて見分けのつくサボテンたちの森があって、その間に各種異人館が見え隠れしている。

そして、その中央、すべての道が交わるところに、この店の模型がある。

店の窓一つをショーウインドウのようにすべて使いきって作った、神戸の街を模した模型風景だ。そのいたるところに置かれているのは、巨大なサボテンや建物を見上げたりお茶を飲んだりしている人々の人形だ。

建物模型作家である那由多は縮尺を合わせた人物模型を作るのに関しては素人だ。おかげでこれだけの数を作るのにひと夏かかってしまった。

が、この世界はたくさんの人がいないと完成しない。そう思った。

「テラリウムより、ジオラマと呼ぶべきかもしれませんけど。これが今の僕の世界です」

那由多は言い切る。

ずっとぼんやりと不安があった。このまま流されて生きていっていいのかと。

それがこの店に来て、緋沙子さんとテラリウムに出会って、自分の世界というものを持っていないのではないかと気づいた。それから、悩んで、いろいろな人たちに会って、今までうつとうしいだけだった将来のレールも、自ら乗っかるなら有りじゃないかと心の底から思えるようになった。余裕ができて、周りを見ることができるようになった。

これも、この店でいろんな人たちと出会えたから。

だからたくさんの人たちがいる風景を作ってみたくなった。

「テラリウムは硝子で密閉された容器の内側に作る生態系、一つの世界ですよね。だったら、こんな容器一つに収まりきらない、大きなジオラマ、テラリウムなんて呼ぶのは変かもしれませんけど。大きな括りで言えばこの店もテラリウムの器と言えると思うんです」

植物を保護する硝子の壁なら、この大きな窓ガラスがある。

格子のついた大きな窓。角地にあるから外から見える窓は六枚もある。まさにウォードの箱ではあるまいか。

いや、この店だけではない。窓の外にはたくさんのミニチュアめいた家やビルがある。そのどれにも窓がついていて、外と内とを遮断する壁がある。

一見、同じに見える窓の外の家々に、同じ物が一つでもあるだろうか？　一つ一つがそれぞれ大切な世界を入れたウォードの箱だ。ずらりと並んだ密閉容器。内包したものを守る硝子の揺りかご。

「どの窓の内側にも人がいて、それぞれの物語があるんですよね。僕はそれに寄り添って、彼らを包む箱を作りたい。肝心の人を置いてきぼりにしちゃ寂しいって思って。そうなると一つの容器だけじゃ収まりきらなかったんです」

もちろんこれは那由多個人の考えだ。本当の正解や、個性ではないかもしれない。だけど今の那由多はこう思っている。それが建物を創るということ、建築家というものではないか、と。ならそれでいいじゃないか。

離れ離れになって一つの世界を作れない、そう思って悩んだ咲良さんと孝明さん。新しい家からいつ出て行けといわれてもいいようにお骨を鉢の中に埋めようとした雫ちゃん。後継者がいなくて取り壊されそうになっていた吾妻さんの家。それから。二つの店が中で一つにつながると知って取り乱した京兄の親しみの持てる姿。それらを見て、こういうものが作りたいと思った。だから創った。

そんな、肩に力を入れない創造があったっていいと思うのだ。

「……成長したねえ、那由多君」

小さく息を吐いて緋沙子さんが言った。

「もともと私よりしっかりしてるくらいだったけど。あっという間に自分の世界、見つけちゃった」

で、これからどうするの？　緋沙子さんが聞いてきた。

「テラリウム創作っていうか、ミニチュア製作っていう初期目標、達成できちゃったけど。

もうバイト辞める?」

予想していた問いだ。だからこちらも答えは用意してある。

「この店の窓、全部で六枚もあるんですよね。だけど僕が埋めたのってやっと一枚だけなんです」

那由多は言った。

「この店全体が僕のテラリウムと考えたら、当然、すべて埋めたくて」

窓のそれぞれに違う風景を作ってもいいし、季節によって違う小物を追加してもいい。だってせっかく四季のある国に住んでいるのだ。

夏が終われば秋、そして冬。一年が巡って再び梅雨の季節になればてるてる坊主に、色とりどりに開く傘。神戸の市花でもある紫陽花(あじさい)も咲き誇る。夏は浮き輪にヨット。秋にはハロウィンや紅葉の山々もあるし、冬には雪、クリスマスだってある。

今ではもう那由多の頭の中にはそれぞれの風景に似合うサボテンと模型たちがある。早く創りたくて創りたくてむずむずする。今、頭の中にある彼ら。すべてを使って、百貨店やセンター街の店に負けない、自分だけのディスプレイを創ってみたい。

「そんなわけで、僕のバイト、継続してほしいんです」

店の経営が厳しいことはわかっている。でもまだまだ作りたいものはいっぱいある。

だから。思い切って言ってみた。

「僕、京兄と比べたら建築家としてまだまだ子どもで頼りないですけど。でも頑張って追いつきますから、だか……らもっといろいろ教えてくれませんか？」

一瞬の間があいた。それから。

彼女はふわりと微笑んで、

「ウェルカム、那由多君」

と言ってくれた。

その顔に見惚れて。那由多は思った。頑張って大人になろう、と。

もっともっとたくさんの風景を見て、自分の肥やしにして、またこの店の存亡の危機になった時に、お茶くみしかできない自分に悔しい想いをせずに済むように。新しい世界を創っていこうと。


奥の深いサボテンの世界と、不思議なサボテンの女神様に、魅せられてしまったから。

光文社文庫

文庫書下ろし

神戸北野　僕とサボテンの女神様

著　者　藍　川　竜　樹

2022年3月20日　初版1刷発行

発行者　鈴　木　広　和
印　刷　萩　原　印　刷
製　本　ナショナル製本

発行所　株式会社　光　文　社
〒112-8011　東京都文京区音羽1-16-6
電話（03）5395-8149　編　集　部
8116　書籍販売部
8125　業　務　部

ISBN978-4-334-79325-8　Printed in Japan

組版　萩原印刷